GAEA

GAEA

異世遊

莫仁——著

BETWEEN ▬▬ 兩個世界・TWO WORLDS

4

異世遊 4 目錄

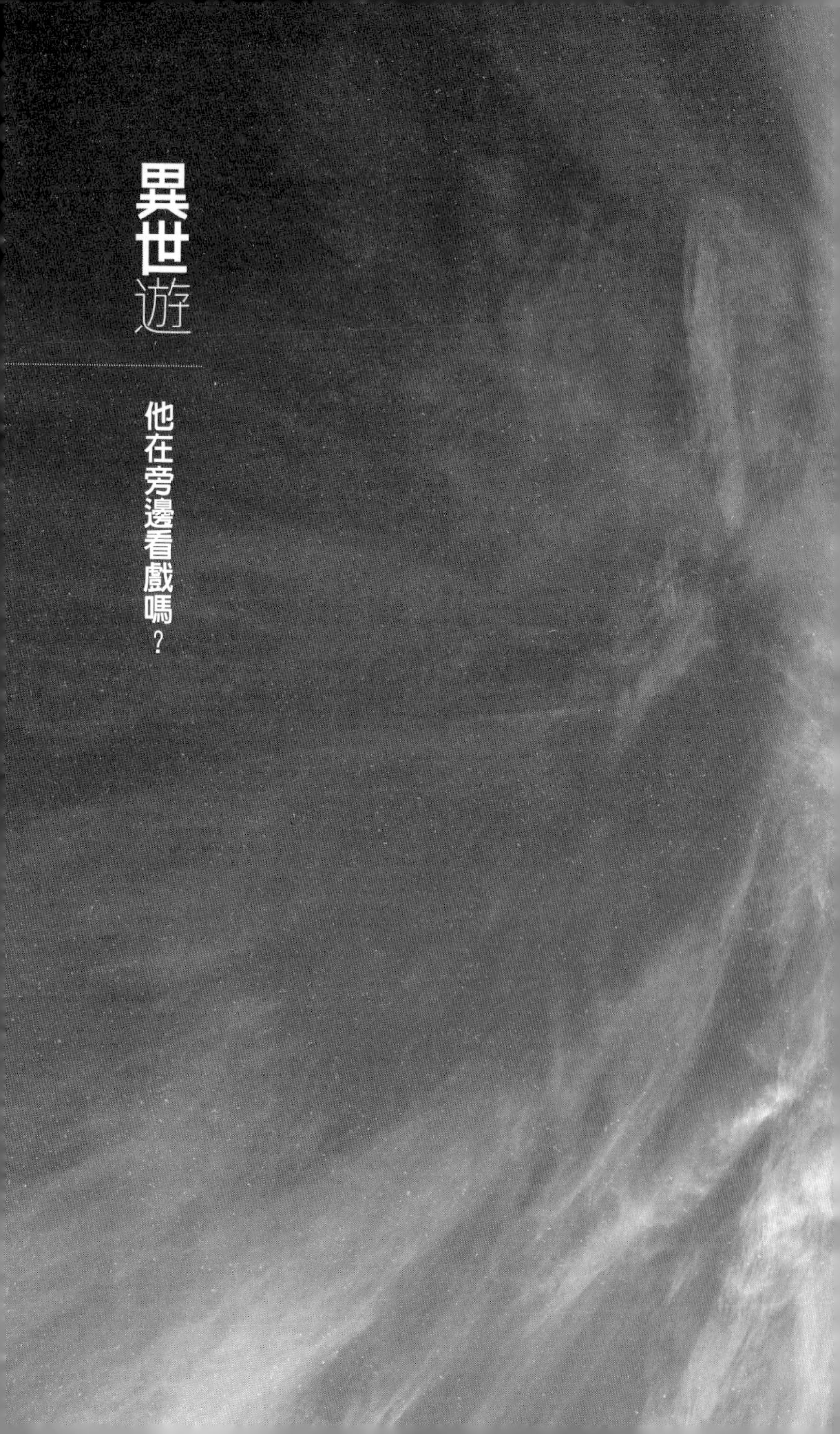

異世遊

他在旁邊看戲嗎？

來襲的敵人，雖然全都是紫天團的人，但很明顯，若非余華出賣了谷安，不可能讓這麼一大群人無聲無息地潛入睿風大樓，而且還特意調開了周圍的人群，讓谷安一個人遭襲。雖然這可以看出余華認爲自己還有用處，但鄧山卻不會因此覺得感激。

谷安和鄧山兩人速度都快，只不過剛衝出了大樓，一眨眼已經飛出數十公尺，後面那群紫天團的人這時才紛紛使用紫天靴，從後面追了上來。

「鄧山！」這聲呼喚從遠遠的上方傳來，鄧山抬頭，只見數百公尺上方，被自己打破的那個大洞，一個嬌小的身影探出頭來，正在呼喚著自己。

「若青……」這下可麻煩了，如果就此反出睿風企業，那余若青怎辦？

「帶她走啊。」金大說：「叫小子先往東跑。」

「谷安，你一路往東跑。」鄧山交代：「我去接若青。」

「好。」谷安一面逃，一面叫說：「他們飛得比我快，這下糟糕了，鄧大哥，你要快來救命。」

「遇到危險就用界趕走他們。」鄧山說。

「喔，好。」谷安急忙應了一聲。

金大當即帶著鄧山往上方飛，卻見余若青身旁另外探出一個人，也跟著往下方望，正是剛剛也在房中的吳沛重。他不會攔阻吧？鄧山飄到破碎的窗口，余若青也不等吳沛重有任何反應，從空中一躍而出，向著鄧山撲來。鄧山在空中一抱，帶著余若青，向已飛出頗遠的那群人直追。

金大控制紫天靴的能力，雖然不比任何紫天團的人差，但是多抱著個余若青，畢竟還是慢了一些，還好依然比谷安還快，所以隨著前方不斷的爆震，鄧山逐漸就要追上那群人。「若青，到我身後去。」鄧山對懷中的余若青說。

「嗯。」余若青倒也習慣了，駕輕就熟地從前面攀到後面，緊緊抱住鄧山，鄧山則是雙手持棍，對著那群人直撲了過去。

對方這次似乎眞的不打算放走谷安，十幾個人四面八方圍著谷安飛，同時似乎也安排好了順序，接連著攻擊谷安。谷安除了用界應付之外，卻也找不到什麼其他的辦法。

當鄧山逐漸追上，對方反應十分迅速，尾端四個人轉過身來，拿著武器，向鄧山迎了過來。

「敵人很多。」鄧山心中打鼓說：「沒問題嗎？」

「試試吧。」金大也沒很放心，他頓了頓說：「要不是揹著女人，機會就大一點。」

「不能抛下她啊……」鄧山說。

「嗯，我知道了。」金大說：「小心點。」一面帶著鄧山，向著那群敵人迎了過去。

現在控制身體的自然是金大，所以才能駕馭紫天靴，對付這些高手。金大本有點佔不太到便宜的感覺，想快速取勝，多多少少都得用點花巧或險招，本來以靈巧的飛行技術可以大佔便宜，但加上余若青這個負擔，這方面的優勢卻又打平了。一次遇到四人，金大能維持不敗已經不容易，想支援谷安卻有點困難。

「鄧山，放我下去吧。」余若青突然說。

「什麼？」鄧山訝異地問。

「我會趕去南墜島和你會合。」余若青低聲說：「找個飛艇過去不是難事。」

「我不放心妳。」鄧山說。

「這樣下去不行。」余若青說：「你如果幫不了谷安的話，他眞的很危險。」

鄧山目光望過去，果然谷安被對方這樣一連串的攻擊下，雖然仍能抵抗，卻似乎有點爲難的神色。

「她說的對。」金大也說：「那小子體內蘊含的神能雖然很多，但是如果這樣耗用下去，不用太久就會抵不過外在的吸引力了。到時不只是用不了界，連飛行都沒辦法了。」

也就是說，非得讓余若青下去不可？鄧山回頭問：「若青……妳眞的有辦法趕去？」

「放心。」余若青反而說：「我可沒這麼重視谷安小子，當然一定能去，才會這樣跟你說……你才眞要小心自己，不管谷安怎樣，我不准你也賠進去，知道嗎？」

這些對話的過程，鄧山在表面上仍和四名紫天團的人對打不休，他勝在轉動靈活，對方很難掌握鄧山的方向；不過鄧山若想欺近攻擊，對方彼此防護下，效果仍然不大。但他們看到鄧山一面靈活地打鬥，一面還和身後揹負的女子情話綿綿，都不禁大起戒懼之意。

不過，沒想到鄧山說了幾句之後，突然一個翻身往下直落，一溜煙地不見蹤影。那四人一呆，倒也不敢貿然追上去，轉頭似乎對看了看，還是決定回到大隊。怎料他們飛到一半，卻見背後已經沒人的鄧山，突然從另一個方位繞過，向著大隊直衝了過去，此時他身後已無負擔，在那四人一愣之間，迅速縮短了距離，反而比那四人還早接近大隊。

圍攻谷安的人們，其中應該有人指揮，很快又分出四人迎向鄧山，而那遠遠追回的四人，一樣向著鄧山逼去。

這下可是八個人了，金大抖擻精神，操縱著紫天靴，彷彿蝴蝶般在人堆中高速穿行。在對方一時反應不過來的時候，鏗地一下，一個注意力集中在谷安身上的敵人，腦袋挨了不輕不重的一下。那人一昏，平衡一失，被紫天靴帶著，一面亂轉，一面往遠方飛，不知道會摔死在哪兒。

鄧山見狀可大吃一驚，連忙說：「這樣豈不是摔死他了？」

「你現在隨時都會死，別擔心別人死活了。」金大叨唸：「要不是你不會使用這鞋子，這麼危險的戰鬥該交給你自己負責。」

「放過我吧。」鄧山嘆氣說：「我單是看就覺得很緊張了。」

不過兩人對話的時候，一個紫天團的人已經迅速地追去營救那人，這動作倒是讓鄧山安心不少。

「咦，這辦法好。」金大卻是另有想法：「打昏一個，還得一個人去救，等於一次打掉兩個人。」他一盤旋，衝到谷安附近，刷刷刷幾棍怪招展出，又把一個紫天團的人打暈。

眾人看鄧山突然神出鬼沒起來，圍困他的人便越來越多，反正谷安飛行速度不如紫天靴，要追隨時都可以追上，人同此心、心同此理，倏然間圍往鄧山的突然已有十幾人。

「逃命！」金大看狀況不對，左穿右插，上下亂飛地又闖了出去。

但是紫天團並沒被誘出，他們發現鄧山遠離戰團，就又回頭圍困谷安。金大發覺脫離險境，隨即帶著鄧山身子又衝了回去，到處搗亂，不過連續這麼幾次下來，想奇襲已經不大容易，而對方只要能招架住三、五招，很快就有同夥前來幫忙，金大也沒這麼容易得手。某次一個不小心，鄧山突然被六個持槍、鞭、棍之類長兵器的高手牢牢困住，居然找不出往外竄逃的空隙。

「糟糕。」金大一面閃躲招架說：「交給你直線殺出去好了？」

鄧山雖然一直有點膽寒，但是他知道金大是有架打不會不打，既然這麼開口，就是眞的需要自己出手，這時候還囉唆就沒意思了，鄧山只好說：「如果……眞的需要的話，我就接手吧……」

「等等。」金大突然說：「下面那是？」

鄧山注意力轉過去，只見一群八名蒙面人正從遠遠的下方高速往上飛，每個人小腿都各綁著兩個古怪橢圓半球狀物體，正迅速往上方衝來。

似乎不是紫天團的人？但又是蒙面人，說不定是某個想來混水摸魚的盜賊團……反正已經到了這種狀況，自然是越亂越好，鄧山還挺歡迎他們的。

鄧山雖然沒時間細看，也知道那群人目標是自己這個小戰團，紫天團的高手似乎也是一驚，誰也不知道對方來意爲何。不過，他們好不容易才逮住到處亂飛的鄧山，也不肯輕易放手，只一面提防著對方的突襲，主要的精力還是放在攔截鄧山上。

因爲御使內氣者在空中飛行都是藉著科技產物，沒當眞接觸也不知道對方深淺，所以也沒人知道這些人功力如何。紫天團的首領似乎不安心，從另一面圍困谷安的紫天眾人中，又調來

五、六人預備，一面有人沉聲喝問：「來者何人？」

那群人誰也不理會，衝上去拔出武器，對著紫天團的人一陣亂打，功力竟似乎都不遜於紫天團的高手。紫天團的人一驚，紛紛散開還手，一面發出告警呼嘯。而那群人衝破了紫天團的防線，逼向鄧山，卻也是來勢洶洶，一點都不像來解圍的。

但是這時候兩方彼此防範交戰，已亂成一團，金大自然不會放過這種機會，左穿右插地閃過兩群人的包圍，帶著這一大批人往谷安那兒直接衝了過去。

這些人小腿上的飛行器，不知道是用哪種方式操控，似乎比紫天靴還要靈活順暢，所以這八人本以爲八人合力可以輕鬆圍擒住鄧山，卻沒想到實際接觸才體會到鄧山在空中駭人的靈巧程度。

這八人加上紫天團的人馬，一大批人就這麼追著鄧山，一起陷入紫天團圍困谷安的陣勢之中，兩方一陣亂打，那八人自然不是紫天團二十多人的對手。不過，紫天團的人一方面要顧著不讓谷安脫逃，一方面又要小心神出鬼沒的鄧山，卻也沒辦法好好對付那八人。

「好玩、好玩。」這樣一團混亂，大大符合金大的口味，他一面亂叫，一面穿來插去，專找紫天團的人下手，果然沒多久又被金大偷襲敲昏兩人。

鄧山眼看不對，提醒說：「要是把他們打光了，後面那批人圍上來也挺麻煩。」

「唔，也對。」金大說：「那我兩邊都敲。」

「呃……」鄧山也沒理由反對，只好默許。這樣交戰的過程中，有時間對付谷安的人就少了，谷安稍有喘息的機會，神能立即迅速被他吸納入體，很快又生龍活虎、精力充沛。他一面逃跑，一面偷看著飄飛的鄧山，眼神裡可是充滿了尊敬與欽佩。

這時早已經飛出南谷大鎮的範圍，眾人一路往東飛，眼看再過不久，就要出海。鄧山此時前前後後已經把紫天團敲昏了六人，後來那批人也打翻了一個，都是趁兩方交戰時，抓準了機會突然高速接近偷襲得手；否則以對方的功夫來說，就算是偷襲，想得手也不是這麼容易。只不過被鄧山偷襲的，往往因此被原來敵手打傷，在哀呼聲中翻滾落下，是死是活就很難推測了。

雙方越打越火，卻又拿鄧山沒辦法，正自大亂時，突然一艘大型飛艇從東北高空雲端中穿出，向著眾人逼來。

這又是誰跑來了？鄧山暗叫不妙，如今就算對方拿不下自己和谷安，卻也擺脫不了對方，就算一路打到南墜島去，恐怕也是這個局面，雖然不妙，總也是個不輸不贏，但若還有人來可就難說了。

「不怕。」金大得意地說：「說不定又是一批新的，更亂更好玩。」

鄧山並不覺得多好玩，金大帶著他到處亂竄，鬧得他都有點眼花撩亂、頗感頭暈，局面還要更亂的話，在半空中吐了出來，那才叫好笑了。

「後來的諸位，目標該是那位持棍青年吧？」飛艇中傳來溫醇厚實的聲音：「兩方目標並不衝突，無須做無謂的戰鬥。」

這話一說，紫天團的人首先放棄鄧山不管，後來的那批人微微一怔，也不與紫天團的人繼續衝突，轉而專心追擊鄧山。

「什麼？」鄧山忍不住在心中叫：「這傢伙居然是跑來幫他們調停的？」

「先去把那飛艇打下去！」金大反應很快，帶著鄧山就往空中飛。

突然飛艇周圍出現了一排短針似的東西，其中一管面對鄧山的，倏忽間聚集了大量的神能。

金大吃了一驚說：「唉唷，有武器。」一面帶著鄧山轉向急飛，往人群中撲了回去。

「什麼武器？」鄧山也感受到了那股能量，在金大帶著他飛竄的同時，訝異地問。

「會有很強、很痛、很快的能量光束射出來。」金大動作不停，一面說：「太近的話不大好閃，感覺到能量蝟集就要躲。」

「雷射光嗎？」鄧山大大皺眉，場景似乎越來越科幻了。

「不知道那叫什麼，那是神國飛艇上會安裝的武器，聚集神能爲線狀攻擊。」金大說：「有這種武器的飛艇，一個人不容易接近。也有小型手持的呀，你看過不是嗎？」

「那種東西喔……」鄧山想起康倫等人當初追殺自己時使用的武器，才知道是類似的東西。

這時下方戰團情況已經轉變，紫天團和另外一方有了默契，一方專打谷安，一方專追鄧山，兩方暫時攜手合作起來，只不過短短幾秒鐘的時間，鄧山和谷安遇到的壓力，比之前還大。不過，金大這時比剛剛又更小心了些，適才差點被六人包住的經驗可不怎麼妙，而只要不被人圍困住，對方一時也拿鄧山沒辦法。而且，這兩方雖說暫時各追各的目標，問題是鄧山仍不斷向紫天團與谷安的那個戰團穿梭出入，兩方畢竟互有戒心，彼此提防，這麼一交錯，往往讓鄧山或谷安的狀況稍有紓解，只不過對於現狀仍沒有幫助。

就在這時候，鄧山身上的通訊器突然響了起來，他微微一驚，只聽金大一面到處逃命，一面叨唸著：「誰在這種時候找人？要聽嗎？」

「我沒認識多少人，找我的該都有重要的事情。」鄧山說：「還是聽好了。」

金大不甘不願地抽空按了按鈕接聽，鄧山耳旁馬上傳來余華的聲音：「鄧山？你在胡鬧什麼，快回來。」

呃……居然是余華。鄧山頗有點後悔接了這通訊息，只聽余華接著說：「抓谷安，是神國最高層的指示，紫天團只是他們請的幫手，別自找麻煩，快回來！」說到最後，聲音已經有點怒氣。

這該怎麼回答？鄧山正不知所措的時候，金大說：「關掉吧？」

也好，反正自己不可能這時候收手，鄧山讓金大把通訊器關掉，繼續和這些與自己糾纏的高手們周旋。

又過了片刻，終於出海，谷安不斷地回頭望著鄧山，似乎在等待鄧山的指示，畢竟他從一開始，就不知道為什麼要往東跑，不過，看鄧山辛苦地在人群中穿梭逃命，他也知道鄧山沒空說話，只好哀怨地繼續往東飛。

還好可以分心的金大注意到了他的表情，和鄧山一商量，鄧山當即揚聲說：「谷安，往東南偏一點。」

谷安其實也沒時間說話，他聞聲轉向，卻也不知道該轉多少。

「這方向。」鄧山倏然穿到谷安前方，向谷安指引了目標，跟著又逃回去。

如今鄧山雖然沒法趁機打傷敵人，但是這樣不斷地穿梭，還是頗影響紫天團攻擊谷安的陣勢，而他也是藉著紫天團和後面那批人的矛盾，才能一直在這邊搗亂，雖然看情況，這樣僵持下去，首先倒楣的應該還是谷安或鄧山，卻不知道會讓他們拖多久。

一直隨著戰團飛行的飛艇，此時又傳出了聲音：「下面那位持棍青年，此事與你無關，請立即遠離此處。」

雖然整個戰團中，拿著棍子的並不只鄧山，但是很明顯這話是對鄧山在喊，鄧山不知道該如何回答，只好不答，繼續讓金大在人群中穿梭。

「對諸位的恩怨，我們並不清楚，本不該偏幫。」飛艇中的聲音又說：「但既然閣下不斷干擾，我們迫於無奈，只好出手……紫天團諸位，請先幫那群朋友擒下此人。」

啊？還有這樣的？鄧山一驚之下，果然見到紫天團霎時分出一半的人，從四面八方向著自己兜轉過來，而且還隱隱與後來那批人配合，而那群人似乎也疑慮漸去，配合著紫天團的人攻向鄧山。

不逃何待？金大一聲不吭，轉頭帶著鄧山就往外溜。

好不容易七躲八閃地衝出重圍，一直線逃命時，金大才說：「沒得玩了、沒得玩了。」

「什麼？」鄧山看金大一副不打算轉頭的模樣，訝異地說：「那谷安怎辦？」

「再打下去，連你也會死。」金大說：「後面那批人還不知道能不能甩掉。」

鄧山回過頭，果然看到後來的那群人正緊追自己而來，剛剛只打昏一人，現在還有七人緊緊追著自己。鄧山心裡有數，就算只與這七人對抗，也未必能獲勝，又如何能回去援救谷安？

「眞的不行嗎？」鄧山說：「之前二十幾人我們還不是這樣打？現在仍然是二十多人啊。」鄧山算來算去，其實這一路亂打，金大也打昏了六、七個人，和一開始狀況差不多。

「但是當時我一跑遠，他們就不追了，所以可以回去搗亂。」金大解釋：「這些人死也不放地猛追，一轉頭就被包住囉。」

眞的不管谷安了嗎？這……此時鄧山感到更遠的東方，似乎又有一大群人御使著能量飛來，雖然還看不到，不過，感覺上是一直線地往自己這個方位跑。

「前面來的不知是敵是友。」金大有點沉重地說：「若還是敵人……眞是……很危險。」

原來金大一面說正一面折向，想避開前方的能量群，因爲怕被後方追上，不能急速轉折，但這麼慢慢轉，前方那群人似乎也正隨著金大的方位而移轉，想避也避不掉。

很難得聽到金大用這種口氣說話，鄧山呆了呆才說：「萬一我快死了，你就想辦法躲到水底下去吧，也許可以不被人找到……」

「不行。」金大說：「帶個雷達來就找到我了……你這麼想死嗎？」

「我當然不想死……我還想幫谷安忙呢，沒想到自身難保。」鄧山嘆一口氣，遠遠眺望前方說：「那兒的人似乎沒蒙面，說不定不是敵人。」那方的人眾雖然還看不清楚，但是如果蒙面的話，該會看得出來。

「希望不是囉。」金大說：「否則就從海裡逃，大家都看不遠，機會會大一點。」

倒沒想到這一招，鄧山正要贊同的時候，遠遠已經看到那方人眾的形貌，仔細一望，鄧山鬆了一口氣，領頭的原來是朱勇華，他正領著二十多個朱家高手向自己迎來。

「太好了。」鄧山說：「這一定是來幫手的。」

「還是小心點。」金大說：「人類最喜歡突然翻臉了。」

「不會吧。」鄧山暗想，如果眞的倒楣到這種地步，死了也只能認了。

還好這倒楣的事情並沒有發生，兩方一接近，朱家人繞過鄧山，團團把那七人包了起來。朱家以三打一，很快就佔了上風，朱勇華也沒出手，飄到鄧山身旁，凝在空中。

鄧山仔細一看，怪了，朱家的飛行器，和那七人腿上的倒是十分相似，一樣是個半橢圓球附在小腿肚上，縱然形式上有點小小的不同，看起來很像是同一類產品。

「怎麼？」朱勇華看鄧山猛看著自己的腳，沒什麼表情地隨口問了一句。

「沒什麼……」鄧山突然想起自己忘了道謝，連忙說：「多謝勇華族老，我差點就糟糕了……這些人不知道幹嘛的，一出現就猛追著我跑。」

「可能是過去的仇怨。」朱勇華面無表情地說。

「喔？」鄧山吃了一驚，莫非是朱安陽一百多年前的老仇家？難怪自己打不過。

朱勇華轉頭看了看鄧山才說：「鄧山先生，沒開通訊器？」

「啊？」鄧山忙說：「剛余華找我囉唆，所以我關掉了……啊，我剛剛是在幫一個人忙，那人也是被人圍毆，如果可以的話……」

「我知道。」朱勇華皺眉說：「別幫那神使……神國的事情我們不該管，空間孔的事情我已辦妥，這就去南墜島吧。」

事實上，朱勇華一直留意著鄧山的安危，之前一直沒出面援手，就是因爲鄧山一直和神國的事情糾纏不清，直到鄧山被那七人逼出，他才終於率隊來援。

「他是要脫離神國呀。」鄧山知道自己能力不夠，忍不住出言拜託說：「他也想去那個世界，以後也不會回來了，可以……幫他一下嗎？」

「我們和神國是敵對的，隨時可能爆發戰爭。」朱勇華搖頭說：「尤其我身爲一族族老，任何接觸都要很小心，不能亂來，要是今日的衝突擴大，引起戰爭，這責任誰也沒法負責。」

這話說的也沒錯，但是眞的不管谷安了嗎？鄧山一陣惶然，這麼善良的一個年輕人被一群惡人追打著，怎麼可以不去幫忙，更別提他一直相信自己會幫忙……

「那我們自己去吧。」金大突然說：「要打贏不可能，搗亂還有機會。」

「你還願意去嗎？」鄧山又驚又喜地說：「不怕危險嗎？」

「要是他們眞的派個五、六人來死追你，那也沒輒了。」金大說：「不過，這樣剩下的人好像太少，不大可能把那小子的神能耗光。」

「那就太好了。」鄧山說：「我們快去。」

金大當即帶著鄧山轉頭飛，鄧山這才想到自己忘了對朱勇華解釋，只好一面飛一面嚷：「勇華族老，我自己去看看，晚點再回來……」

朱勇華吃了一驚，沒想到鄧山眞的這麼不怕死，他望著鄧山飛去的身影，搖搖頭，似乎懶得理會，很快便轉回頭，關注著這一面以眾擊寡的戰況。

這時兩方其實已經相距頗遠，彼此都看不到對方，所以，谷安和紫天團的人根本不知道鄧山這兒的狀況。鄧山此時尋去，也是依靠著對能量的感應，慢慢趕上戰團，一段時間過去，當鄧山趕到時，谷安與紫天團等人根本已經穿出了南墜島上空，正往更東方的大海飛去。當他們發現拿著棍子的鄧山遠遠出現，紫天團的人馬上大吃一驚……莫非鄧山把那七個高手通通收拾了？

這下他們可是更謹愼了，再派了八個人來攔截鄧山，不過這麼一來，圍著谷安的只剩下幾個人，谷安馬上又輕鬆起來。

「逃命。」金大看到一堆人衝來，馬上轉向，帶著鄧山就溜。紫天團那衝來的八人見狀一怔，不知該追還是不該追，上方飛艇傳出聲音說：「那搗亂的小子先拿下。」

那八人聞聲，不再回頭，直線追著鄧山。

「這次怎辦？」鄧山在心底問金大。

「拖過去找人幫忙。」金大理所當然地說。

「呃……勇華族老不是說不想干涉？」鄧山說。

「想救谷安只能這樣呀。」金大無所謂地說：「還是不救了？」

「那還是拖過去吧……」鄧山只好不管朱勇華等等會怎麼瞪自己了。

兩方一追一逃，很快地在空中又遇到了朱勇華等人，此時那八人已經被擒捉下來，由後方幾個人提著，正往這兒接近。沒想到卻見到鄧山又被人追著來，眾人不待朱勇華吩咐，四面八方圍了上去，而紫天團的人一怔，還沒來得及考慮要不要逃跑，就被團團包住，只好開始拚命。

這下子朱勇華臉色自然不好看，他看著鄧山說：「這……」

「抱歉、抱歉。」鄧山忙說：「我打不過只好逃命。」

既然都已經打了起來，多說也沒用，朱勇華皺眉說：「那現在可以去南墜島了嗎？」

「谷安還沒脫困。」鄧山抓抓頭說：「我再去一趟。」說著不等朱勇華再問，連忙要金大轉身溜開。

當這次鄧山再度出現的時候，紫天團剩下的十個人當然是又吃一驚，此時他們顧不得谷安，紛紛轉頭衝向鄧山，一面斥喝：「我們的人呢？」

現在如果領著這群人過去，不知道那兒打贏了沒？鄧山正想著，金大卻在人群中穿來穿去，沒立刻逃命，一面說：「叫谷安來攻擊。」

「他不會啊。」鄧山訝然說。

「叫他用界攻擊。」金大說：「我們累成這樣，他在旁邊看戲嗎？怎麼可以！」

「呃……」鄧山只好對在一旁發呆的谷安喊：「谷安，你選個人打。」

谷安一呆，回頭叫：「打誰呀？我不會耶。」

「隨便選個人撞過去吧？快撞到……就放出夠力的界。」鄧山只好這樣說。

「喔？好啊！」谷安想了想，一頭向著戰團就衝了過來。

這群人到處堵著像蝴蝶般飛來舞去的鄧山，已經一個頭兩個大了，聽到兩人遠遠地商量打架方法，不知道該覺得荒謬還是害怕；這兩個人看起來亂七八糟的，可是他們真這樣搞的話……

紫天團的人還沒想清楚，谷安已經閉著眼睛胡亂衝了進來。

這小子的界，威力可是遠達數十公尺，紫天團吃驚之下，眾人紛紛閃避。金大偷個空，抽冷子又把一個人打昏，那人馬上隨著紫天靴的動力往下亂滾。

好像有用？谷安這時剛從另一端衝出，回過頭恰好看到紫天團的人摔下，這下他可有點高興了，轉身又衝了回來。

谷安的來勢，其實每個人都清清楚楚，所以閃避並不是問題，重點是這麼一來，不只困不住穿梭靈動的鄧山，更讓他掌握到了一部分人閃避的路線，從而偷襲和攻擊；而因爲谷安正在接近，紫天團的人四面散開的同時，也沒辦法很完美地彼此支援，這樣鄧山成功的機會立即變大。而且谷安經過鄧山附近時，並不會釋放界的能量，鄧山騰挪的空間遠大於紫天團的人，何況他靈巧程度又遠勝，幾次衝錯，紫天團的人連自保都有點吃力，更別想擒下鄧山或谷安。他們首領見勢不妙，一呼嘯間，眾人放過兩人，轉頭逃命去了。

上方的飛艇也沒想到事情會這樣發展，這次紫天團派了二十多名高手，幾乎是整團的實力，擒捉一個谷安已經是殺雞用牛刀了，也有應付意外狀況的心理準備，沒想到被這個不知是強還是弱的怪人，衝來跑去地搞到差點全軍覆沒……飛艇上的人到此終於沉不住氣，緩緩降到與谷安、鄧山相同的高度，上方出現一個人，遠遠對著這兒說：「谷安，你還要胡鬧多久？還不跟我回去！」

鄧山望過去，只見那是個頗有點年紀的老者，白髮短鬚，兩眼有神，穿的衣服和谷安相似，果然是神國的神使。

回頭望著谷安，只見他低著頭不敢吭聲，似乎很畏懼此人，躲到了鄧山背後說：「怎辦、怎辦？這是大神官。」

「你是犯了什麼法嗎？」鄧山訝然問谷安。

「沒有啊。」谷安連忙低聲說。

「那幹嘛這樣害怕？」鄧山說：「你想去哪兒就去哪兒，誰也沒資格管你。」

「這樣嗎？」谷安呆了呆說：「可是我是神的子民……」

「神哪管這麼多。」鄧山搖手說：「不要害怕，跟他說你不回去。」

「我不敢。」谷安搖頭。

「那我幫你說。」鄧山轉頭對那兒嚷：「谷安不想回去。」

「你到底是誰？」那所謂的大神官，微微皺眉，望著鄧山問。

「我是谷安的朋友。」鄧山說。

「此事與你無關。」大神官說。

「也與你無關吧？」鄧山說：「谷安想去哪兒，只和他自己一個人有關，不是嗎？」

「你不明白事情的始末。」大神官望向谷安說：「谷安，你怎能把事情都推給朋友處理？有話親自對我說！」

這麼一說，谷安實在不好再躲，只好從鄧山身後探頭，結結巴巴地說：「大神官，我不想回去。」

「你別胡鬧了。」大神官眉頭皺成一線，沉聲說：「不管躲到哪兒還不是都一樣？時間已經越來越緊迫了。」

「不一樣。」谷安搖頭說：「我這次是要躲去……」

「等等，這個不能說。」鄧山連忙打斷，一面低聲對谷安說：「那是祕密，說出來就去不成了。」

「喔……」谷安連忙對大神官改口說：「反正我會去一個不會再影響神能的地方。」

「哪有這種地方？」大神官嘆氣說：「你快回來，神王不會懲罰你的。」

「不行。」谷安搖頭說：「眞的有那種地方，你們很快就會知道了。」

「你……不會是被騙了吧？」大神官望著鄧山的眼神有點懷疑，沉聲說：「這位小兄弟，是你慫恿谷安的嗎？這樣拖延谷安回去的時間，對任何人都是一點好處也沒有。」

「我只是幫助他，讓他做自己想做的事情。」鄧山說：「我也不是爲了任何好處。」

大神官用一種奇怪的眼光看著鄧山，似乎不明白鄧山在想什麼。過了片刻，他才搖搖頭對谷安說：「你心裡有數，除非神王親臨，我們誰也沒法抓你，所以這次才特別聘請紫天團出手，這對神國來說，已經是個污點，你還想怎麼樣？」

谷安聽了十分難過，他苦著臉一直鞠躬說：「大神官，對不起、對不起……我也是爲了神王好。」

「眞爲了神王好，你就乖乖回去！」大神官氣憤地說。

「我不能回去。」谷安雖然不斷地鞠躬，口中還是這句話。

「難道你希望神王爲了你離宮？」大神官彷彿在說一個不可能發生的事情，他搖頭說：「未免太過分。」

「當然不是。」谷安連忙搖手說：「大神官回去之後，請神王好好休養。」

大神官瞪了谷安一眼，似乎不知道該怎麼說下去，隔了片刻，他目光轉向鄧山，臉色倒還不算太難看，只緩緩說：「這位怎麼稱呼？」

「鄧山。」鄧山回答。

「鄧先生，谷安沒對你說出所有事情，對吧？」大神官說。

鄧山一怔，望望谷安，才回頭說：「如果谷安覺得不需要說的，我也就不會去問。」

「鄧先生對谷安確實挺照顧，想法也不能算錯。」大神官說：「但這是因爲你不了解內情才會如此。谷安自己也很清楚，他非回去不可，希望你別再阻礙，否則我們將會先全力對付你，難道你眞想和整個神國爲敵？」

好像有點恐怖……不過朱勇華剛剛說了，空間孔的事情已經搞定，只要這次混過去，應該不用再面對神國的追擊了……鄧山心念一轉，對大神官說：「那麼這樣吧，諸位先回去，讓谷安自己好好想個幾天，如何？」

大神官遲疑了片刻，終於點頭說：「反正我們現在也沒辦法強迫他回去……谷安，你腦袋裡面想的方法，根本就錯了，這一切都是註定的，你聽到沒有！」

谷安仍然縮在鄧山後面，不過神色看來挺堅定，似乎一點也沒被大神官的說法給動搖。

「鄧先生。」大神官目光轉過，沉聲說：「請你千萬別教谷安奇怪的事情，他的心性……需要保持單純、澄透、無垢……否則……否則……」

這是什麼話？每個人都會成長，又怎麼能一直保持孩子般的純眞？而且如果想讓谷安保持單純，就要把他關著，不讓他與外人接觸，這樣也太不人道了……不過，反正馬上就要和谷安開溜，也不用太認眞地回答，鄧山半敷衍地說：「我不會帶壞他的。」

大神官似乎不知道該怎麼說清楚，嘆了一口氣，對谷安說：「給你兩日考慮，希望你自己回頭，否則只好請神王親自帶你回去了。」說完，他也不等兩人反應，從飛艇頂端開口飄入，跟著飛艇轉向往北，很快就消失了蹤影。

終於搞定了？鄧山整個人只差沒軟了下來，還好現在依然是金大在控制身軀，鄧山可以盡情地放鬆身體喘氣。

谷安可就沒這種命，他呆了好半晌才說：「鄧大哥，今天全都是靠你，眞是……眞是……眞是……」眞是了半天，卻想不出該說什麼。

「總算安全了。」鄧山不等谷安想出適當的辭彙，接口說：「空間孔的事情聽說已經處理好了，我們過去吧？」

「眞的嗎？太好了。」谷安一面搖頭一面說：「眞想快點離開這個世界，那空間孔在哪兒？」

「南墜島。」鄧山往西方指回去說：「已經超過了，我們往回飛。」

「啊！余大姊呢？」谷安一面跟著鄧山飛，一面問。

「她該到那兒等我們了。」鄧山想起余若青，心中一暖，微笑說：「沒法揹著她打架。」

「那就好、那就好。」谷安鬆一口氣說：「等等一起去那個世界。」

「嗯。」

鄧山點點頭，想到以後不用再煩惱這兒的事情，和余若青一起回到台灣生活，剛剛那一戰的奔波疲累似乎都消失了。

異世遊

請……把我忘記

不久之後，鄧山與谷安到了已被朱家整個控制住的南壑島別墅。他們在別墅外剛落下，便聽到遠遠傳來兵刃交擊聲，鄧山轉過頭，卻見不遠處的森林邊緣，余若青被幾個朱家人擋在外側，兩方正在衝突。余若青畢竟年輕，功夫差人數籌，何況是以寡擊眾，眼看著就要落敗。

鄧山連忙奔過去說：「住手！住手！自己人。」

朱安陽之事，在朱家也是最高機密，只有幾名重要人物知道，那幾個朱家人並不明白鄧山的身分，但是他們也知道朱家上下對鄧山十分尊重，此時見狀，攔著余若青的幾個大漢紛紛跳開。一個中年人往前走說：「鄧先生，族老下令，除您之外，接近的每個人都先抓起來，等候發落，我們不知道這位是……」

「她是我朋友。」鄧山連忙走到余若青身邊，關切地說：「妳沒事吧？」

「沒關係。」其實余若青早在飛艇上，就注意到這兒狀況不對，她遠遠降落後，一直不敢接近。直到看到鄧山和谷安飄落時的身形，才鼓起勇氣，向著這兒奔來。

三人終於會合，鄧山十分高興，對余若青說：「剛剛眞的很驚險，妳沒事吧？」

「沒事。」余若青望著鄧山，遲疑了片刻才說：「剛剛，執行長有找我。」

「啊！」鄧山吐吐舌頭說：「他也有找我，我聽到一半關機了，有說什麼嗎？」

「沒什麼，反正還不是要我勸你別管谷安……」余若青搖搖頭，望著周圍說：「這兒……

朱家已經發難了？」

「對。」鄧山高興地說：「勇華族老說，這兒的事情已經處理妥善了，我們可以回去了。」

「谷安在這兒倒有個好處……」余若青苦笑說：「執行長的戰力，現在根本不敢派來這兒……」

也對，余華手下大多是神使，有谷安在身旁，那些神使的戰力等於全廢了，就算知道這兒有變，也沒法派人支援，倒是好人有好報，幫谷安也等於幫自己。

「鄧大哥。」谷安突然訝然問：「你說什麼回去？」

「一直沒告訴你。」鄧山轉頭笑說：「我其實就是從另外一個世界來的，所以我想回去，那個空間傳送區就在這兒。」

「原來如此。」谷安大喜說：「我就知道鄧大哥不會騙我，太好了。」

「你確定要過去那個世界？」鄧山又問一次：「可能會有很多不習慣的地方喔。」

「一定要去。」谷安十分堅定地點頭。

此時朱勇華帶領的二十餘人也剛飛抵，鄧山望過去，見他們只提著後來那批蒙面人，卻沒帶著任何一個紫天團的人，不禁有點意外。

俘虜自然不用朱勇華多交代，自有人帶去處理。朱勇華走到眾人身旁，打量了谷安兩眼，又看了看余若青，才對鄧山微微點了點頭。

「勇華族老。」鄧山頗有點擔心地說：「後來那批紫天團的人呢？」不會都打入海中去了吧？

「纏鬥一段時間後，放他們走了。」朱勇華說。

這樣也好，否則抓來也是麻煩，鄧山不禁有點佩服，這些族老事事謀定而後動，似乎不大會做一些無謂的事情。想到這兒，鄧山忍不住又問：「那抓回來的人呢？」

「目標既然是鄧山先生，就可能與往事有關聯，事情處理妥當後，我們會帶他們撤回大日城，再慢慢審訊。」朱勇華話鋒一轉說：「鄧山先生在這兒，還有其他事情沒處理好的嗎？」

這是提醒自己該走了……鄧山目光向四面眺望片刻，吸了一口氣搖頭說：「沒有了。」一面回頭對谷安和余若青說：「可以走了嗎？」

谷安雖然相信鄧山，但是畢竟這種事情他一直沒聽說過，幾天來，心底還是一直有點半信半疑，眼看當眞要成行，他又興奮又有點害怕，有些慌張地點頭。

余若青卻似乎有一點點遲疑，她停了片刻，才對鄧山點點頭，一面說：「張達者呢？」

「對了。」鄧山被余若青提醒，一面往內走，一面詢問朱勇華說：「你們打算怎麼處理張允老伯？帶他回王邦嗎？」

朱勇華皺眉說：「怎麼可能？他是神使。」一面忍不住又瞪了躲在鄧山身後的谷安一眼。

對了，王邦很討厭神使，鄧山正不知道該怎麼問下去，朱勇華已經接著說：「我已詢問清楚，這空間機器可穿透無數的世界，如果沒有定向裝置，只能在無限的世界中隨機亂選，沒法選擇固定的世界……現在兩個傳送區旁，他們分別安裝了一對維持聯繫的同頻周波儀，藉此找到正確的通道，維持定向以及兩面通訊，只要毀了你世界那台，兩邊的聯繫就斷了，這邊的傳送器就算啓動，也找不到你的世界。」

「原來如此。」鄧山拍手說：「那就眞的太好了，所以我過去之後，把那邊的機器毀掉就好了？那機器長什麼樣子？」

「就在傳送區那扇門後。」朱勇華說：「我會領你看。」

「好。」這下再無後顧之憂，鄧山大感輕鬆。

此時眾人已經走下了地下室，余若青突然拉了拉鄧山說：「我去拿一下公司的相關文件印鑑。」

「不好找的話就算了。」鄧山並不眞在乎那筆橫財。

「很好找，我知道在哪兒。」余若青笑了笑，往其中一間房間奔了進去。

鄧山則跟著朱勇華走到傳送區外認識所謂的周波儀。原來那只是嵌在金屬門內側的一個圓柱體，鄧山本來以爲只是裝飾品，從沒注意過那東西，而據說另一個世界的周波儀也是裝在相同的位置。說到這兒，鄧山才想起，還不曾打開那個世界的金屬門看過。

鄧山研究的同時，余若青手拿著一個扁平皮袋，從走道中走出。此時鄧山正問朱勇華：「這該怎麼破壞？」

朱勇華遞過一個小方形物品說：「炸掉就好了，其實打碎也可以。」

那乾脆打碎好了，鄧山正想拒絕那個物品，還沒開口，余若青已經微笑接過說：「這是定時爆藥，我會使用。」

怎麼破壞都無所謂。鄧山轉過頭，卻突然發現，余若青眼睛似乎有點紅紅的，彷彿剛流過眼淚，不禁訝然說：「若青，妳眼睛怎麼了？」

「這東西太久沒人拿了，都是灰。」余若青遞過那個皮袋說：「不小心弄到了。」

「眼睛還不舒服嗎？」鄧山將皮袋隨手塞入懷中，心疼地拉過她說：「我幫妳吹吹看？」

余若青臉微微一紅，搖搖頭說：「已經沒事了。」不過說是這麼說，她依然輕偎在鄧山懷裡，輕輕閉上眼睛，似乎心情有點沉重。

她還是有點捨不得離開這個世界嗎？這也難免……鄧山摟了摟余若青問：「我們這就去

吧？」

「嗯。」余若青站直了身體，突然說：「你和谷安先進去傳送器，我想和勇華族老請教一點問題。」

「什麼？」鄧山訝然問。

「你別管啦。」余若青笑推了鄧山一把，然後低聲說：「我問問有關執行長的事情，勇華族老應該知道。」

問她父親的事情？勇華族老又為什麼知道？不管如何，這也沒必要趕走自己啊……鄧山雖然有點迷惑，但也不願意和余若青為這種事情爭執，只好聳聳肩，帶著谷安走入傳送區，隔著金屬門看著余若青和朱勇華。他們在另一邊的通道口，壓低了聲音交談。

如果鄧山把心神延伸過去，兩人縱然是低聲交談，也未必不能聽清，但一來余若青已經表示不想讓自己聽到，二來心神延伸過去，就算余若青沒發現，朱勇華說不定也會有感應，這種失禮的事情還是別做比較妥當。鄧山只好壓抑著好奇心，和谷安閒扯，一面偷瞧。

那方朱勇華的表情似乎是有點疑惑，余若青看起來倒是挺認真的，兩人並沒說很久，朱勇華便點了點頭，余若青又囑咐了幾句……似乎大部分都是余若青在說，一點也不像問問題的感覺……

「鄧大哥。」卻是谷安忍不住開口：「原來你是從那個世界來的，難怪這麼清楚那邊的事情。」剛剛朱勇華沒事就瞪他，害他一肚子問題不敢發問。

「是啊。」鄧山仍有點不安地看著余若青，一面隨口應付谷安。

「那鄧大哥爲什麼會過來的啊？」谷安又問。

「誤打誤撞的。」鄧山想起這兩個月的事情，不禁苦笑搖頭說：「一開始，我根本不知道這是另外一個世界。」

「喔。」谷安又說：「你們說那世界不能飛，那麼大家都走路嗎？還是都用飛艇？」

「有很多不同的交通工具。」鄧山解釋：「不過沒飛艇這麼進步，一般人的交通工具大部分只能在地面上移動。」

「原來這樣。」谷安說：「哪種交通工具最多呢？叫什麼名字？」

「這有點難說，要看地方，單車、機車、汽車，不一定。」鄧山有點頭大，谷安比剛到那個世界的金大還囉唆。

「我哪有囉唆？」久沒出聲的金大馬上抗議。

「所以我說，他比你囉唆啊。」鄧山忙解釋。

「聽起來就不像好話！」金大哼哼說。

鄧山和谷安又扯了幾句，余若青似乎與朱勇華也談完了。余若青微笑走過來，攙著鄧山說：「好了，我問清楚了。」

朱勇華望望余若青，臉上神色還是有點怪異。鄧山雖然有點迷惑，但畢竟現在場合不恰當，不用急著搞清楚，他當下向著朱勇華深深行了一禮說：「多謝族老大力幫忙。」

也許朱勇華對朱安陽的敬意，並不如其他人這麼大，他倒是受了鄧山這一禮，不過仍客氣地點頭微笑說：「鄧山先生對朱家幫助很大，做這些小事是應該的。」

禮數已到，該回去了。鄧山與朱勇華一起掩上了金屬門，啓動了開關，不久之後，那片紫色光波再度灑下，直到三人腳底，當紫色光影消失，鄧山頗有種如夢似幻的感覺，這是眞的嗎？這整件事情眞的都結束了嗎？

「到了？」眼睛轉啊轉的谷安首先開口：「眞的不同了。」對谷安來說，最明顯的就是，本來一直在周身亂擠的神能突然完全消失，他一時之間頗有點輕飄飄的感覺。

「到了。」鄧山點點頭說：「先去毀了那什麼周波東西。」一面往眼前那彷彿相同的金屬門走去。

「我弄吧，急什麼？」余若青笑著拉住鄧山說：「你又不會使用定時器。」

「直接敲碎不是很好嗎？」鄧山笑說。

「先上去，去看看我那台車子還在不在。」余若青升起地板，拉開門說：「我等等再下來弄。」

「看車子在不在？」鄧山訝異地問：「怎麼不先毀掉那什麼周波器的？萬一余華派人追過來就麻煩了。」

「因爲車子如果不在，就代表另外有人跑來這世界了，比如康倫。」余若青白了鄧山一眼說：「炸了他可就回不去了，不是嗎？」

這一點自己倒沒想到，總不能爲了自己方便，讓別人永遠回不了家。鄧山一時之間頗有點自責，連忙點頭說：「妳說得對。」

三人一起走出屋外，轉到車庫，不只那紅色敞篷跑車還在，其他三輛吉普也整齊地停在裡面，這樣就不用耽擱了。

鄧山鬆了一口氣說：「太好了。」

余若青拍拍車子說：「這和飛艇一樣，用的是半永久能源，所以不用擔心燃料的問題。這按鈕是切換飛艇模式和仿汽車運轉模式，切換過來的話，就和一般汽車一樣，方向盤會鎖住不能上下移動；如果在飛艇模式，就用那個控制高低……」

「若青？」鄧山訝然望著余若青，怎麼在這時候突然解釋起這東西。

「沒什麼，我只是想問問谷安會不會控制飛艇。」余若青笑說：「一不小心就說太多了。」

「我不會耶。」谷安很新鮮地在車旁上下看來看去，不過卻不敢亂碰。

「這兒有使用手冊，谷安你看一下。」余若青從駕駛座門旁拉下一個薄板，看樣子是那世界的書。

「好。」谷安雖然有點莫名其妙，還是興沖沖地拿起書來看。

「我和鄧山說一些話喔，你在這兒等等。」余若青又交代了一句，隨即拉著鄧山回別墅。

走入別墅，余若青掩上門，鄧山忍不住低聲說：「若青，妳怎麼……有點……怪怪的？」

「有嗎？」余若青回過頭，輕笑著問。

好像又沒有……鄧山不再多問，苦笑說：「妳要和我說什麼？」

「吻我。」余若青雙臂纏上鄧山脖子，身子貼了上去。

兩人也不是第一次擁吻，鄧山雖然一頭霧水，仍緊摟著余若青，深深地吻著她，不過心中卻有點擔心，余若青今天反應實在不大對勁……突然間，鄧山醒悟過來，莫非因爲回到這個世界，就要面對柳語蓉的問題？她莫非是在害怕？

這樣一想就合理了，鄧山安下了心，雖然她現在會害怕，但很快自己就不會讓她再爲這種事情煩惱，以後一定要全力照顧她、愛護她，讓她安心。

這一吻良久良久，好不容易才結束，鄧山輕撫著余若青的背，緊摟著她說：「妳放心，我一定會好好照顧妳。」

余若青緊貼著鄧山的身子，咬著唇低聲說：「山，你眞的不想……」

現在？時地都太不恰當了，鄧山低聲說：「我們不是說好了嗎？先把語蓉的問題解決……妳放心，我絕不會辜負妳。」

「嗯……」余若青過了片刻才說：「你說的對，對不起。」

「有什麼好對不起的。」鄧山緊了緊懷中的愛侶，低聲說：「要是讓谷安那小子等太久，他說不定又會大驚小怪了。」

余若青低頭一笑，不捨地離開了鄧山的胸懷，緩緩點頭說：「你去陪他，我去安裝炸彈……」

「好。」鄧山說：「不要我幫忙嗎？」

「不用啦，那東西簡單得很。」余若青望著鄧山的眼睛，柔聲說：「就算已經回到了這世界，你一樣要很小心自己的安全，尤其是天選那些人，格外要小心。」

「嗯。」鄧山點頭說：「差點忘了還有那些人，不過他們似乎還可以溝通，不像睿風企業這麼霸道。」上次和他們約半個月之後聯繫，這次耽擱這麼久，不知道過期了沒？

「你去看著谷安吧，否則他說不定把車開上天亂玩，摔下去就糟了。」余若青含笑說。

「對喔，那我過去囉。」鄧山一驚說：「妳快點上來。」

「好。」余若青輕躍到那僕人房入口，一面說：「如果谷安沒事的話，你等等看一下公司的文件。」

「公司文件？」鄧山差點忘了自己塞到哪去，呵呵笑說：「那種事情不急啦。」

「看一下啦。」余若青輕輕一笑，控制著地板往下。

鄧山笑著轉頭，出去監視谷安，還好谷安沒這麼大膽，沒眞的把這輛飛車開出來亂玩，眼前所有東西對他來說都很新鮮，他偶爾看看車子，偶爾閉上眼睛，體會著沒有神能繞體的感覺，偶爾又摸摸牆壁材質，偶爾又跑去打開那幾輛吉普的車門，正忙得要命。

看到鄧山走了出來，谷安高興地蹦來說：「鄧大哥，那使用手冊我很多看不懂。」

「手冊內容等等問若青，你別亂用神能。」鄧山發現谷安躍動的時候，習慣性地帶出神能托體，連忙警告說：「這兒沒神能補充，你會越用越少喔。」

「對喔。」谷安吐吐舌頭說：「遇到要命的事情才能用。」

「嗯……唔……」鄧山說到一半突然停下，片刻之後才說：「下次教你一種方法，可以試著運行看看，說不定在這世界也能培養吸納神能，就可以稍微使用一點了。」卻是金大剛剛對鄧山說了這麼一串話，鄧山轉述出來。

「真的嗎？」谷安大喜說：「那這樣還可以飛嗎？」

「這邊和那兒不同。」鄧山說：「能量離體，會耗失得很快，不容易飛，先不用想飛。」

「喔。」谷安雖然有三分失望，卻也沒很在意，他一轉念說：「余大姊呢？」

「她去安裝炸彈了。」鄧山也有點擔心，按理來說，那該是很簡單的事情，而且爆炸時最好別待在那兒，怎麼余若青還沒回來？

鄧山和谷安又等了片刻，卻聽金大突然說：「唔，不對勁。」

「怎麼？」鄧山微微一驚。

「那是大量電流、磁流……」金大做出結論說：「有人在用傳送器，快去。」

難道余華派人追來了？不可能啊，朱家那群人就算打不過，也不至於在短短幾十分鐘內失守，鄧山吃了一驚，往別墅奔了過去。

「鄧大哥，怎麼了？」谷安訝異地問。

「我去看看。」

鄧山來不及解釋，奔到屋中，掠到僕人房，拉開門往下一看，卻見下方紫色平面正好掃到底端，身在其中的余若青聞聲抬頭，她眼神充滿著柔情與無奈，淚珠正一滴滴順著臉頰滑落。兩人對望不到半秒的時間，眼前空間一陣震盪，余若青整個人的身軀，就這麼倏然消失。

「若青！」鄧山大吃一驚，她在幹嘛？怎麼跑回去了？

鄧山往下一躍，落到房中，顧不得其他，又奔去扳動啓動器，無論如何，先找到余若青再說。

但是不管鄧山怎麼扳動，傳送器就是不爲所動。

鄧山正慌張的時候，金大迅速說：「這種需要聚集能量的工具，通常要過幾分鐘才能再次使用。」

「要多久？」鄧山忙問。

「不知道。」金大說：「要看供給源，還有需求量，唔……快拆炸彈。」

「啊！」鄧山心一驚，連忙扭動眼前的門把，要打開金屬門。

才轉到一半，門後突然轟的一聲，一陣強烈的震動透過門戶直傳到鄧山掌心。鄧山心一涼，身子軟了下來，竟是轉不動那圓形門把。

金大知道狀況不對，他也不吭聲，直接控制著金靈部分，支撐著鄧山的身子，扭開那金屬門，帶著渾身無力的鄧山轉過去一看。果然門後的那圓柱體已經被炸藥炸成粉碎，一片片指頭大的碎金屬塊，飛散在地面。

她……她爲什麼這麼做……這樣豈不是再也無法相聚？鄧山驚駭之餘，腦海中一片空白，轉回門口，不斷扳動著那個開關，希望那片紫色光束會突然啓動，但是不管他扳動了多少次，那機關似乎一點作用也沒了。畢竟，整個傳送區的運作，其實還是另一個世界在控制，既然兩邊聯繫已斷，這邊的開關不管怎麼按，訊息也送不過去，自然不可能啓動。

鄧山也不知道自己扳了多久，才鬆開手，抱頭蹲坐在地板上，不知道眼前的事情是眞還是假。

在這種時候，會受鄧山心情影響的金大，自然也十分不好過，這次的嚴重性，已經遠大於過去的每一次事件，金大連開玩笑打岔的情緒都被瞬間破壞，一時也說不出話來。而且他也心裡有數，在這種情況下，不管怎麼安慰應該都沒用了。

隔了好片刻，金大才緩緩地說：「她剛……有要你看公司文件。」

鄧山被這一言提醒，連忙翻出懷中皮袋，打開所謂的公司文件。鄧山胡亂抽出，果然見到裡面除了一般文件之外，還放了張折疊起來的信籤。

鄧山快手快腳地打開，見上面寫著短短幾行字：「好好愛惜語蓉。好好照顧自己。請……把我忘記。」

我怎麼可能把妳忘記？看著紙上還沒乾的點點淚痕，鄧山心頭抽緊，痛呼一聲：「若青！」心傷之餘，雙目不禁泛出淚來。

「怎麼了？怎麼了？」聽到聲音衝入屋中的谷安，正在上面大呼小叫，訝異地往下望，只不敢亂用神能往下跳，他正擔心地喊：「鄧大哥，你沒事吧？余大姊怎麼了？」

鄧山根本懶得理他，軟軟坐在地上，看著那張白紙上娟秀的字跡，鄧山心亂如麻、心痛如絞，這一瞬間彷彿人生已經結束，什麼事情都不重要了。

谷安越看越驚，這時顧不得神能不能亂用，他縱身跳下，搖著鄧山說：「鄧大哥，你沒事吧……啊？這是余大姊寫的嗎？語蓉又是誰？」卻是他看到了鄧山手中的信籤。

語蓉……她是因爲語蓉才離開的嗎？鄧山無神地望著谷安，想說話，又不知道該說什麼？

「難道余大姊……回去了？」谷安看看周圍的狀況，也大概知道發生了什麼事情，他體會到鄧山的難過，愁眉苦臉地說：「鄧大哥，我知道你很難過……不要太難過了。」谷安個性本就單純衝動而富於感情，看鄧山難過的模樣，他跟著眼圈也紅了起來。

鄧山反而已經漸漸從那一剎那的失落中復原，畢竟他的個性一向是理性多於感性，雖然還是十分難過，卻不會讓自己一直沉溺在其中。他強提起精神說：「謝謝你。」

「我扶你起來。」谷安攙著鄧山，癟著嘴有點哽咽地說：「余大姊……怎麼……唉……我不會說。」

這小子看起來倒是比自己還難過？鄧山若不是實在沒心情，否則還真有點想笑。他瞪了谷安一眼，搖搖頭說：「你剛又用神能了？」

這一問谷安倒是忘了難過，尷尬地抓頭說：「我看鄧大哥你好像出事了，就……沒辦法……」

「謝謝你。」鄧山說：「我沒事……我們上去吧。」

「跳上去嗎？」谷安問。

「有控制的機關。」鄧山控制著機械往上移動，一面站直了身子。

「棍子、袋子。」金大突然出聲。

鄧山這才想起，剛剛心神一亂，花靈棍和那個裝著文件的皮袋都扔在地上。鄧山拿起兩樣東西，將皮袋塞回懷中，內息一運，順手將花靈棍的水分迫出，只見白霧在一瞬間往外瀰漫，花靈棍縮回成小小一根。

「啊呀？這是什麼？」看到白霧大吃一驚的谷安連忙跳開，一面揮手一面發問。

鄧山這才想起忘了對谷安解釋，看他那模樣，苦笑搖搖頭說：「沒什麼。」

「鄧大哥搞的？」谷安瞪大眼睛，難以理解剛剛這麼痛苦的鄧山，怎麼一瞬間突然有心情變魔術了？

鄧山還是沒精神解釋太多，揮手間輕送出一股勁風，迫開了白霧，收起花靈棍。此時兩人已經回到一樓，鄧山帶著谷安往外走，一面緩緩地說：「那飛車我不會開……如果你也不會……我們就開別的車回去。」

「我也不會。」谷安搖搖頭，突然又興奮地說：「但是可以試試！」

鄧山茫然地說：「算了，放在這兒好了……」也許余若青有天會找到辦法過來呢？這車本是她的，留給她好了……

她還會想過來找自己嗎？她剛剛特別找朱勇華談話，應該就是安排這一切……連信籤都寫好了帶過來，看來她早已經想妥，只不知道是什麼時候做出的決定……自己為了和語蓉的一點義氣，一直不肯眞正和她……這樣到底是對她好還是不好？

「鄧大哥？」谷安看鄧山又發呆了，擔心地叫了一聲。

「嗯……？沒事。」鄧山回過神，苦笑了笑說：「谷安，我們再等她一下子，好嗎？」

「如果照那老伯說……」谷安說到一半停下，轉口說：「沒什麼，我們等等看。」

事實上，谷安知道，如果照朱勇華對鄧山所言，那周波器一毀，余若青就算想來，也沒辦法來了。不過谷安也知道，鄧山不會不知此事，既然他還捨不得走，就多陪他在這兒待上一段時間，那又如何？眼看著鄧山站在車庫口發呆，谷安雙手一攤，走到別墅門口梯子前蹲坐，兩人就這麼一坐一站，無聲地等候下去。

鄧山說等也不是眞的在等，他何嘗不知道已經絕望，只是他需要一個安靜的時間，讓思緒好好地沉澱，想到和余若青這段時間短暫的相處，每一個甜蜜的回憶，在這一瞬間都變成揪心的痛楚……她也未免太天眞了，她難道以爲這樣退讓，自己就能厚顏無恥地假裝什麼事情都沒有發生，回到柳語蓉身邊嗎？也許是因爲自己一直不肯，她才下了這個決定吧？臨走前她都還問了最後一次……如果當時自己答應，她是不是就不走了？不……她根本連細節都搞不清楚……她該只是爲了語蓉……但說不定也因爲……

這種時候想這些有用嗎？到這時候，還在一直想爲什麼爲什麼……就是因爲這種瞻前顧後、想東想西的個性，才讓她離開自己的，不是嗎？如果什麼都不想，好好全心地愛著她，也許根本不會發生這種事情……鄧山恨恨地捶著掌心，怨恨著自己這討人厭的個性。

此時時序已經入冬，中橫山區很早就已經昏黑，當呈橢圓的月影從東方浮現，漸漸平靜、死心的鄧山，望著空中皎潔冰冷的明月，一股悽涼寒意湧上心頭……如果眞的無緣……只能希望她能遇到一個會好好疼愛她的男子。這樣的等候畢竟只是徒勞，鄧山望了望在一旁發呆的谷安，心中頗有歉意，今天倒是連累了他……

鄧山轉頭對谷安乾啞地說：「谷安。」

「鄧大哥。」谷安連忙站起。

「我們下山吧。」鄧山說：「對不起，讓你等這麼久。」

「沒關係的。」谷安擔心地望著鄧山說：「鄧大哥，你別太難過了。」

「我沒事了。」鄧山搖搖頭，輕聲自語說：「不管我怎麼難過，若青也不會出現，不是嗎？」

「嗯……」谷安似乎有點意外地說：「鄧大哥能這麼想……就好了。」

「我就是……我就是太理智了。」鄧山莫名鼻頭一酸，淚珠似將從眼角滑落，他隨手揉了揉眼睛，強笑說：「我們開台吉普車回去吧。」

「吉普？」谷安聽不懂。

「跟我來。」鄧山領著谷安往車庫走。

雖說抱著谷安振翅飛回去也不是不行，不過，這幾台車放在這兒也浪費了……而且現在鄧山心情十分複雜，並不想馬上回到自己家中，反而有點希望這趟回程能更慢一點……

隨手拿了一台吉普車的鑰匙，鄧山發動車子，彷彿發洩一般地踩踏著油門，在引擎怒吼聲中，大燈與霧燈同時點起。鄧山再凝視了這別墅一眼，終於轉動方向盤，駛動車體，帶著谷安離開這荒涼冷清的山林。

異世遊

同性戀還是雙性戀？

今年的冬天特別冷。

這幾年來，不知道是因爲地球暖化現象，還是有其他的因素，溫度越來越高，已經連續好幾年過著暖冬。但不知爲什麼，今年的冬天與過去幾年都不同，溫度特別地低。

此時是十二月下旬，再過幾天就是耶誕節，氣溫越來越低，電視上不時傳來有流浪漢凍死街頭的消息。台中街頭的行人或機車騎士，一個個都穿著厚實的外套、手套；至於屋子裡面，開暖氣的開暖氣、用電毯的用電毯，偶爾也有人選擇在房中燒炭取暖，當然萬一沒注意通風，發生意外，又會增添一起社會新聞。

其實台灣地處亞熱帶，說冷也冷不到哪兒去，想看雪還非得爬上高山不可；但是對土生土長一直生活在台灣的人來說，攝氏十度左右的低溫，就足以讓他們把衣櫃中最厚重的衣物都搬到身上，一個個臃腫肥胖地走來走去。

不過在台中市區文中路一棟辦公大樓的十樓之中，有個不大不小的房間。這房間並未使用任何暖氣之類的設備，但裡面卻有個正看著電視的年輕人身上只穿著輕薄的短衫短褲，似乎一點也不覺得冷。

這兒雖然是辦公大樓，不過，年輕人所在的房間卻一點也不像辦公室，反而更像一個挺豪華的小套房。

房間地板和牆壁主要以原木和石材裝潢，簡單的一張白色大床放在屋角，床頭櫃上除了一個仿古造型的古銅色電話外，只隨意疊著幾本厚薄不同的書籍。

床不遠處，有組雙人白色沙發，正對著那掛在牆上的大尺寸液晶電視，電視下方地面一片石材平台，上面放著一組音響，裡面正轟轟轟地傳出電視的音效。至於衣櫃，則是隱藏在電視旁邊那一整組木面牆中，那兒也有一扇隱藏的門戶，通往這房間的盥洗空間；而除了入口之外的另外一面牆，卻是整大片厚重的窗簾垂下，不知道窗簾後面是什麼東西。另外，入口門戶那兒的整面牆，則是整大片的書櫃，裡面大大小小各式各樣不同的書籍，大概塞了個半滿。

年輕人看來只有二十歲出頭，白淨臉龐上有一雙明亮清澈的大眼，他頭上那半長不短、有點雜亂的褐髮胡亂捲披著，不時掉到他額前。年輕人一面隨手撥開，一面專心盯著電視上播放的旅遊紀錄片，看起來又好奇又認眞。

突然間，放在床頭櫃上的電話鈴聲響起，年輕人一呆，拿起桌上的遙控器一按，將電視關掉，走去接起電話說：「來了、來了！」

「谷安先生。」電話另外一端，一個中年女子聲音傳來：「吃飯時間到了。」

「喔！」年輕人谷安開心地說：「馬上到。」跟著一轉身，奔過去拉開房門，往外跑了出去。

門外是個更大的空間，這兒沒怎麼裝潢，卻開著暖氣，地上是普通的大片石英磚，牆壁上則貼滿了白色壁紙，靠外的一整片窗窗簾拉開，冬天的陽光正大片灑入屋中，連燈光都省了。這大片的房間中，在靠窗那面，放著一組可以容下十人圍坐的黑色沙發；而在房間中間偏西側，放著一張長條型的餐桌，此時餐桌上已經坐著一個青年，正望著谷安微笑。

「鄧大哥！」谷安望著那位年近三十、穿著一襲輕便布衣長褲、腳穿居家皮拖鞋的青年，高興地奔過去說：「你今天沒出去？」

「沒有，事情忙得差不多了。」這青年正是鄧山，他望著谷安赤足上的一雙毛腿，苦笑說：「你都穿這樣出來吃飯？」

谷安一呆，尷尬地說：「我又忘了，我進去穿衣服。」一面急急奔入房中。

隔了片刻，谷安換上類似鄧山的服飾，蹦出來坐下。一個中年僕婦隨即端著一盤盤精美的菜餚擺上，服侍著兩人用餐。

鄧山帶著谷安，回到鄧山的世界，已經過了一個多月。

回來之後，鄧山就帶著谷安住到了異世科研基金會，也就是當年余若青幫他安排的居所。

接著，鄧山除了跑過兩趟南投探望家人外，就把全部的心思放在結束異世基金會的相關組織和業務上。除每個人都發了一份豐厚的遣散費外，幾名工作已久的教練，還特別多發了一筆獎金，雖說這本該由董事長康倫處理，不過既然他文件齊全，又有公司大小印章，一切文件都合法的情況下，也沒人追究爲什麼由他出面。

至於這公司另外還有一個相關企業，就是一個珠寶首飾批發經銷商，這公司最主要的工作，就是利用進出口與銷售的掩護，處理、消化那些每年不斷產生的鑽石，獲得的利潤再轉回基金會做投資。這整個營運系統，早在三十年前就由康禹奇建立妥善，鄧山如果有心，只要每隔一、兩個月，把別墅那兒產出的鑽石送去經銷商，就可以持續運轉。

不過，這畢竟不是合法的業務，鄧山和在那公司做了三十年、明瞭部分內情的趙總經理長談幾次之後，知道對方也有退休的打算，兩人商議之後，索性把這公司一起結束掉，至於那些人造鑽石，當然也從此停止生產。無論如何，單靠這三十年來的累積，鄧山已經可以過著很優渥的日子。不過他過慣了平常生活，除了多花了點錢打理谷安房間，其他地方倒還是以簡單、樸素、好用爲原則來裝潢擺飾。就如他住的那間大房間，除了簡單的床、衣櫃、桌椅之外，也沒增添什麼其他的家具。

這一個月來，谷安從對這世界一無所知，到漸漸了解，他一直保持旺盛的好奇心，不斷買書閱讀，或者看些知識性電視節目。雖然還是很多地方不懂，但因爲他記憶力和理解力都很不錯，所以某些比較特別的領域，他甚至比鄧山還清楚。

「谷安。」鄧山吃著吃著，突然說：「你下午有什麼計畫嗎？」

「前兩天買的書看完了，還是去書店逛逛吧。」谷安說：「鄧大哥呢？」

「我想去找個朋友。」鄧山經過這一個月的思考，終於決定去找柳語蓉。

「哦？」谷安有點意外，高興地說：「公司的事情都忙完了嗎？那我們可以開始出去到處逛逛了。」

「嗯，剩下這件事情處理妥當就好……」鄧山心中暗嘆了一口氣，沒繼續說下去。

其實鄧山早該去找了，只是一直不知道該怎麼面對柳語蓉，所以這段時間，他故意把自己的心思都放在處理公司事務上，否則以他的個性，根本不會把這種事情放在首要的地位，也不可能才一個多月的時間，就幾乎都處理妥當了。但一直逃避也不是辦法，鄧山終於決定和柳語蓉談個清楚，今日是星期日，如果她沒別的約會，就該是待在家中，但她會沒約會嗎……？總之，還是要找找看才知道了。

「你功夫練得順利嗎？」鄧山換了一個話題。

「沒問題！」谷安得意地點頭說：「經脈很流暢。」

「用出去的神能，能吸納回體內嗎？另外，有培育養氣的感覺嗎？」鄧山又問。

「這倒是比較困難。」谷安皺眉說：「是有一點點感覺，不過，不像鄧大哥說的那種感覺，很慢。」

鄧山停了片刻才說：「可能因爲外在能量太少，你又沒金靈……」

「我不能用金靈。」谷安忙說：「會和神能衝突。」這可是神使的基本知識。

「嗯。」鄧山說：「反正這兒是和平的地方，可能一直都用不到神能，不過推測上……如果你哪天用了大量的神能，便有機會藉著那套功夫，慢慢又把神能吸納回體內。」這番話當然是金大的見解。

「那樣最好啦。」谷安無所謂，嘻嘻哈哈地說。

此時那中年僕婦又端了一道菜上桌，兩人的對話自然停止，這婦人對著鄧山恭敬地說：「鄧山先生會回來用晚餐嗎？」

「不會。」鄧山搖頭。

「我會！」谷安在旁自動叫了起來。

婦人看著谷安，像看著孩子一樣，慈祥地笑了笑說：「知道了。」

這婦人叫作李媽，和廚房裡面另一位王嫂，都是五十好幾的人，兩人本來在十一樓的餐廳工作，鄧山資遣員工的時候，兩人覺得自己年紀已大，不容易再找工作，分別對鄧山表達希望能留下工作的意願，加上鄧山想到谷安短時間內也需要人照顧，所以繼續聘用兩人照料自己和谷安的起居。

事實上，兩人大多數時間照顧的都是谷安，鄧山這一個月，除了深夜以外，留在這大樓的時間其實不算多，而像個大孩子般沒什麼心機的谷安，也頗得兩位長輩的歡心。

餐後，鄧山換上一套偏運動系打扮的休閒裝，剛拿起那從異世帶回來的腰帶型武器玩具，想了想，還是放了下去，在這個世界裡，似乎沒機會打架，應該不用帶著這東西。

「眞的不帶嗎？」金大開口說：「天選的人不會來了？」

「他們好像不見了。」

這也是鄧山有點迷惑的事情，上次來回一趟異世，回來仔細一看時間，總共只過了十四天，還在當初約定的期限之內，但是鄧山過了兩天撥電話過去找約翰，電話卻無人應答。鄧山根本不想多添這個麻煩，找不到約翰，對他來說當然是好事，當初只是被纏得沒辦法才答應，既然找不到人，鄧山心安理得，很快就把這件事情拋開。

就這樣一個月過去，鄧山還漸漸把他們的事情忘了，此時聽到金大提起，鄧山愣了愣才說：「他們不知道爲什麼突然不找我了，不過，不找最好。」

「我是覺得帶著武器比較好。」金大說：「在這世界，如果遇到高手，我能幫的不多，你又只會棍法。」

「怎麼說你沒法幫忙？」鄧山有點意外。

「因爲這世界可以外發勁力。」金大說：「雖然還是會消散掉，但是距離近的話，內氣可以離體攻擊，普通招式的用途就變小了……經過金靈部分的時候，我是可以幫你運轉成黑焰氣提升威力，但是內氣透出體外多遠，透出多少，全都必須由你控制；而且綜合你我所學，也只有花靈棍法包含了遠距攻擊的招式……所以如果遇到這種程度的敵人，還不如由你自己應付。」

這一個月來，內氣含量已經頗高的鄧山，早已不大需要睡眠，每當深夜無法處理公務時，就是和金大練功夫的時間，這樣讓自己一直保持忙碌，才不會胡思亂想。

在金大幫助下，五、六日前，整套花靈棍法總算是完全熟練，不過實戰經驗自然還頗爲不足，而到了現在，鄧山才知道爲什麼這段時間，金大突然一直逼著自己學那些棍招。

不過，這世界的飄散能量這麼薄弱，有人能修練到那種境界嗎？雖然說帶著也無所謂啦……鄧山聳聳肩，把那玩具別到了腰上。該出門了，鄧山走到床頭櫃，拿出一個多月沒開啓的行動電話，按下了電源開關，等候著輸入密碼。回來以後這段時間，鄧山都用另外一支新辦的行動電話處理事情，這支電話他一直不敢打開，深怕在毫無準備下接到了柳語蓉的電話。

隨著一陣音樂聲響起，鄧山按下了幾個熟悉的按鈕，又過了一段時間，等電話和基地台產生了聯繫，鄧山才選著柳語蓉的電話號碼，撥了過去。接通響鈴時，那一端傳來的電話音樂，是一首有點歲月的老歌，那是柳語蓉特別選的。鄧山聽著這熟悉的聲音，想到過去的點點滴滴，心中湧起了無限的感慨，今日該怎麼對她說呢？怎樣才不會傷了她呢？

音樂聲，突然消失了。但卻沒聽到另一頭的聲音……

不，似乎有微微的呼吸聲，鄧山微微一怔，試探地說：「語蓉？」

那一端仍然沒有聲音，過了好幾秒，才聽到柳語蓉低聲地說：「山哥？」

「嗯……」鄧山突然有點心慌，呆了呆才說：「我可以見妳嗎？」

柳語蓉停了停才說：「你……想說什麼？」

她知道了嗎？鄧山沒有心理準備，呆了呆才說：「妳生我的氣嗎？」

「我……」柳語蓉停了好幾秒，才低聲說：「我不知道……」

鄧山頗有些慌亂，呆了幾秒才說：「妳……知道我回來了？」

「嗯……」柳語蓉頓了頓說：「半個多月前就知道了。」

「那麼……」她豈不是難過了半個月？鄧山心中自責，想了想才說：「妳不想和我碰面嗎？讓我說清楚？跟妳……道歉？」

柳語蓉又沉默下來，過了良久才說：「……你想挽回……嗎？」

這時該怎麼回答？鄧山腦海中一片空白，又怕說錯了話，又怕傷害了柳語蓉。

柳語蓉等了片刻，見鄧山一直說不出話，她苦笑一聲說：「既然不是，就不用了……山哥……再見。」

「再……」鄧山這兩個字還沒說完，那端聲息已經斷絕。鄧山放下手機，心中滿是悵然，本以爲需要見一面，把事情做個處理，沒想到連面都不用見了？她雖然聰明又獨立，但也只是個二十歲的小女孩啊……自己眞是害苦了她。

鄧山正自責時，突然手機又響了起來。鄧山一呆，發現又是柳語蓉撥來的電話，不禁有點意外，一面快手快腳地接通。

「山哥。」柳語蓉聲音中聽不出喜怒，她緩緩說：「我剛忘了說幾件事。」

「嗯，妳說。」鄧山提心吊膽地說。

「你……你家鎖匙，我上星期寄去給伯父了。」柳語蓉說：「機車也停在你家樓下。」

「唔……」鄧山說：「車子是送妳的。」

「沒關係，我不用。」柳語蓉停了停又說：「還有，姊姊想找你，用網路電話找她吧，她已經出國了。」

「語蓉。」鄧山忍不住說：「我對不起妳，妳……妳還好嗎？」

那端又沉默了下來，柳語蓉停了好片刻才說：「別再關心我了……讓我忘了你吧。」

「就算只是朋友，也可以關心妳呀。」鄧山忙說：「我們認識了這麼多年……」

「別說了。」柳語蓉突然打斷了鄧山的話，卻又說不出話來。

鄧山只覺得似乎隱隱聽到鼻息抽噎聲，不知道是不是惹得她哭了，心中又疼又憐，卻又不敢多說。此時此刻，如果再釋出不當的關懷，對柳語蓉更是另外一種折磨。

「我……」柳語蓉似乎終於恢復了平靜，緩緩地說：「我不想……不想……再哭了……」

說到最後，柳語蓉也不道別，直接斷了通話。

所以，自己不用再去找柳語蓉了？她說柳語蘭在找自己……如果被語蘭抓到，八成馬上被罵得狗血淋頭吧？不過，逃避畢竟不是辦法，鄧山走到房間一角，打開那從公司九樓搬來，已經堆滿了塵埃的電腦，靜靜地看著電腦畫面啓動，一面想著心事。這樣和柳語蓉結束，不知道算不算得上好來好去？她爲什麼一點都不想聽自己解釋原因？雖然說自己回來後一直沒去找她，可以感覺得出來情感已經變質，但她難道都不會想知道原因？

除非她已經知道原因了？但她又不可能知道若青的事情……這可眞是古怪……這倒是可以問問語蘭……想到這兒，鄧山手腳放快了些，將電腦連上網路，以自己的帳號登入網路電話的通訊軟體，不知道柳語蘭在國外哪個地方，這時間是否還清醒？連上了伺服器，鄧山看著熟悉的名單，只見本在線上的柳語蓉突然消失了，心中不禁頗有點黯然，她是因為看到自己而下線嗎？

柳語蘭倒是還在線上，不知道語蓉有告訴她嗎……鄧山還不知道該怎麼開口，電腦螢幕的對話視窗，已經冒出三個字：「臭阿山！」卻是第一時間發現鄧山上線的柳語蘭，扔過來的訊息。

隨即電腦中的通話鈴響起，鄧山深吸一口氣，接通了電話，隔了幾秒，那一端傳來聲音：「你這負心漢總算敢出現了。」果然是熟悉的柳語蘭。

「我……」

「你實在太過分了，居然躲到全世界的人都找不到你。」柳語蘭接著說：「你有先找我妹嗎？她怎麼突然下線了。」

「對。」鄧山說：「我剛打電話給她，今天本想找她道歉。」

「唉……」柳語蘭嘆一口氣說：「其實這種事情也怪不得你，不過你有這種傾向，怎麼我從來都不知道？你好像自己也不知道？怎麼發現的？」

這話鄧山可聽不懂了，訝異地說：「什……什麼？」

「什麼什麼？」柳語蘭劈哩啪啦地接著說：「你要是移情別戀，我妹說不定還有點拚拚看的幹勁，你卻……我們對這種事情是沒有成見啦，但是你想看看，我妹妹發現自己輸給一個男人，她的心情實在是……」

「什麼啊？」鄧山大吃一驚說：「妳說什麼我聽不懂。」

「啊？」柳語蘭呆了呆才說：「你不是和一個外國小帥哥住在一起了？很多人都看到了，還想裝啊？不用了啦，這麼熟的朋友了……只是你什麼時候知道自己喜歡男人啊？你的性傾向是同性還是雙性？」

「我不是同性戀啊！」鄧山慘叫說。

「那是雙性戀囉？」柳語蘭嘖嘖兩聲，聲音放小說：「感覺有點奇怪耶，做那個的時候不會找錯……那個吧？」

「妳胡說什麼……我也不是雙性戀。」鄧山忙說：「我是……那叫啥……異性戀，很單純的異性戀。」

「還說不是。」柳語蘭說：「那爲什麼你回來以後，就顧著和那小帥哥一起住在你們公司的宿舍？然後就躲著語蓉了。」誤會大了。

鄧山一時說不出話來，柳語蓉原來是這樣誤會？自己該去解釋清楚嗎？這……鄧山呆了好片刻才說：「語蘭！」

「怎樣？」柳語蘭說。

「那個年輕男孩只是朋友，和我不是那種關係。」鄧山說。

「那……」柳語蘭似乎有點難以置信，呆了呆才說：「你為什麼回來不找語蓉？」

「因為……我喜歡上了另外一個女孩子。」鄧山還是決定老實說。

「誰啊？」柳語蘭只停了二分之一秒，馬上說：「若青嗎？」

「呃……」這就是女人恐怖的第六感嗎？鄧山呆了片刻才說：「……對。」

「唔……」柳語蘭停了幾秒才說：「她也住在那兒嗎？你們公司。」

「沒有，她不在……」鄧山不知道該怎麼解釋，頓了頓才說：「我和她不會再碰面了。」

「為什麼？」柳語蘭接著問：「就算在國外，也可以去找她呀……還是又分手了？」

「就當分手吧……細節先不說了。」鄧山說：「和若青產生感情，讓我知道……我似乎不是真心愛著語蓉，雖然我和若青也沒有結局，還是覺得不該和語蓉在一起了。」

「你這樣說……也不能算錯……」柳語蘭想了想說：「不過，還是要讓我妹知道你不是同性戀，她那幾天哭慘了。」

「這……也是。」鄧山呆了呆，突然想到金大說的話，忍不住脫口說：「也許我真的喜歡的人其實是妳。」

那一端的聲音突然安靜了下來，鄧山這才發現自己說錯了話，連忙說：「我開玩笑的，妳別在意。」

「嗯……」柳語蘭沒追究，只說：「我比較希望你和語蓉復合……我後來才知道，我妹喜歡你很多年了，你真的不喜歡她嗎？」

「也不是這麼說。」鄧山嘆口氣說：「先不研究我喜不喜歡她，若青的事情讓我很難過，所以暫時不想談感情的事情。」

「那就是不夠喜歡她了。」柳語蘭說：「眞糟糕，我妹好可憐。」

「這是什麼結論啊。」鄧山沒好氣地說：「誰說我不喜歡她了？」

「什麼『暫時不想談感情』都是藉口啦。」柳語蘭一點都不放過鄧山：「剛分手，正是最空虛、最需要人陪的時候。」

「妳不也才分手沒多久？」鄧山忍不住反擊。

「所以我那時候才會跑去……」柳語蘭說到這兒，聲音突然消失，沒繼續說下去。

「什麼？」鄧山問。

「哎呀！你管這麼多幹嘛，先想我妹的問題怎麼解決啦。」柳語蘭不知爲什麼突然大聲起來。

當時柳語蘭確定與男友分手之後不久，豈不正是跑來台中找自己？難道她……鄧山心一慌，有點結巴地說：「語……語蘭，妳……妳那時下台中……」

「我下去之前，就知道你和我妹交往了啦。」柳語蘭帶點促狹的意味說：「你在想什麼？」

「沒……沒有。」鄧山這才發現自己會錯意，不禁有點臉紅。

「你最不應該的地方，就是沒跟我妹說清楚就變心。」柳語蘭也不追究，接著說：「你就不能好好結束一段感情，才去開始另外一段嗎？這才是我最不高興的地方。」

「我那時人在異鄉……忍了很久才……」鄧山突然覺得不用再解釋，嘆息說：「反正是我不好，對不起。」

「不管喜不喜歡，憑我們的交情，我總可以拜託你幫忙照顧一下我妹吧？」柳語蘭說：「她之前很傷心，慢慢好了點之後，這陣子又有點自暴自棄的味道，我很擔心，但是我又在國外，沒法回去陪她。」

自暴自棄？自己倒沒注意到……鄧山呆了呆說：「可是……她不想見我。」

柳語蘭沉默片刻，才煩惱地說：「眞糟糕……」

「這樣吧。」鄧山說：「我今晚再試試看找她……至少要讓她知道我不是同性戀。」

「對啦。」柳語蘭突然哈哈笑說：「好好笑喔，我一直在想像你和男人嘿咻的樣子，今天眞相大白，眞是剝奪了我的樂趣。」

「妳……」鄧山氣結地說：「不要胡說八道。」

「晚了，我想睡覺了。」柳語蘭說：「妹妹就交給你了喔。」

「嗯……」鄧山又加了一句：「什麼時候會回國？」

「還不知道，我才剛來呢。」柳語蘭說：「我有空就會上線，隨時聯絡吧。」

「好，晚安。」

「掰掰。」還是和柳語蘭說話沒有負擔……鄧山心情輕鬆了些，但想了想，又開始煩惱，該怎麼去告訴柳語蓉這件事情？

直接去一趟好了，反正衣服都換妥了。鄧山穿上鞋襪，走出門口，直下地下室，準備駕駛吉普車。

鄧山這段時間，出門都盡量不顯露特殊能力，免得又惹來天選者之類的問題，雖然說在空中飛翔、在屋頂上跳躍，不只省時省力還很舒服，但是使用一般交通工具，或者安步當車，其實也是另有一種風味。鄧山發動了吉普車，聽著轟隆隆的引擎響聲，心想，當初康倫他們買這車，純粹是爲了越過那幾乎像河道一般的石子路，在都市裡面行駛，其實還是小房車比較舒適又省油，或者該去買一台新車？

想到這兒，鄧山又有點自責，手邊一有錢，老是想著買東買西，什麼都買的話，這樣下去可不得了……不過，一台小房車其實也不算太多錢就是了……

這段時間，鄧山的念頭就像現在一樣，一直在揮霍和節省之間擺盪，其實以這公司每年的收益，鄧山大可過更豪奢的生活，但是從小節儉的他，老覺得不可以把錢亂花；而且這筆錢雖然已經變成無主之財，畢竟本來不屬於自己，花起來總覺得有點不安心。

所以每當想花錢的時候，鄧山總是有點猶豫不決，拿捏不定，一點也不像個可以隨意動用幾十億的富豪。車子開出地下室，駛入文中路的車流，鄧山一面駕駛，一面想著柳語蓉，她以爲自己喜歡男人？想到谷安那俊美又帶點稚氣的臉，鄧山不由得有點好笑，難怪別人會誤會……他那臉孔確實挺討人喜歡，不過，谷安自己好像沒有這種自覺……當初他一直嚷著要來這兒交女友，卻不知道有沒有在外面認識女孩子？

轉過了一個街道口，鄧山突然想起那個一直都沒回去的家，這時也不用怕柳語蓉發現。鄧山心念一轉，轉過車頭，向著那方向駛去。

不久後，鄧山回到家門口，這才想起，鎖匙當初扔在行李包中，留在那個世界沒帶回來，而柳語蓉的又寄去南投了……不知道老爸收到的時候是什麼反應……

怎麼進去呢……去找鎖匠嗎？

「咳咳。」鄧山腦海中突然傳出裝模作樣的咳嗽聲。

「你根本沒喉嚨，假裝什麼咳嗽？」鄧山在腦海中唸了金大一句，這才突然醒悟說：

「啊，你會開鎖。」

金大嘿嘿笑說：「平靜生活過久了，你都忘記我能做什麼了。」一面從鄧山手指延伸出去，打開了鄧山家的鐵門。

一路開進去，鄧山回到屋中，這自己住了好幾年的公寓，以前怎麼沒覺得這麼小呢？往內巡了一下，也沒什麼改變……是不是該把一些重要東西搬去文中路那兒，然後把這房子賣了？正思考間，突然家中電話響了起來。

鄧山吃了一驚，哪有這麼剛好的？此時會有誰打電話過來？

鄧山訝異地走過去，接起電話，只聽到一個不大標準的口音說：「鄧山？鄧山？」

「我是。」鄧山呆了呆說：「約翰？」

「對呀！」聲音那端十分感動，激動地說：「噢！你居然記得我聲音，你終於回家了！」

這人正是當初天選研究中心派來的其中一人——約翰．卡羅，鄧山其實並不是眞的認出他的聲音，但是鄧山實在不認識第二個說話帶著洋味的老外，所以隨便亂猜也能猜到。

「我有打過電話給你，沒人接。」鄧山連忙辯白。

「那個……狀況改變了，我過去的電話不能用。」約翰說：「你的行動電話沒有開，我有空就打去你家問問，前陣子有小姐接，但是她也不知道你去哪了。」

鄧山不禁默然，接電話的小姐應該就是柳語蓉，洋腔洋調的約翰來電，加上谷安又是洋人面孔，兩個事情湊在一起，大概也是使自己被認爲是同性戀的原因之一。

「不過現在你回來就好了。」約翰說：「我們是要通知你，我們在台北設立了新的天選中心。」

「嗄？」鄧山吃了一驚說：「台灣這小地方又沒多少人，幹嘛跑來這兒設立？」

「這個……一言難盡。」約翰說：「這一個多月發生很多事情，上海的中心解散了。」

「呃……」既然這樣也不好追問，鄧山說：「其實我對你們那研究中心……並不是很有興趣……」

「我明白……」約翰說：「你放心，我們方針改變了，不勉強人了。」

「眞的嗎？」鄧山十分意外。

「真的。」約翰似乎有點尷尬，笑呵呵地說：「勉強人，不大好，不是嗎？」

鄧山有點半信半疑，頓了頓才說：「那……所以沒我的事情了？」

「嗯。」約翰說：「但是，天選者還是在一起比較好，很多事情沒法和一般人商量，我們雖然不勉強你加入，但是如果你有需要，還是可以來找我們。你手邊有紙筆嗎？把我們的電話地址抄一下，隨時歡迎你來參觀。」

約翰說的也是實話，這種特殊能力產生的一些麻煩，確實不能和平常人討論，比如一直以來無話不談的柳語蘭，這種事情還是不知該如何向她說起……鄧山直接將約翰的聯絡方式輸入到手機中，兩人這才道別。

掛了電話後，鄧山有點意外，天選中心這機構是出了什麼事情？居然撤銷了上海的分部，躲到台灣這小島來？且不談現在中國大陸那兒正在蓬勃發展，以天選研究中心吸收人才的條件來說，人越多的地方，越容易找到有特殊天份的人才，單單一個上海市周邊人口加起來，就和台灣差不多，何況還有中國的十幾億人口？怎麼想都想不出他們爲什麼會跑來台灣。

不過，不管他們爲什麼遷來，既然不勉強自己加入，就是好事，不用多煩惱，現在異世科研基金會的事情也處理得差不多了，眼前閒閒沒事做……也許該去再找個工作？

「找工作？」金大忍不住開口說：「你不是不缺錢嗎？」

「找工作也不一定眞要去做。」鄧山聳聳肩說：「那個過程其實挺好玩的。」

「你當初就是這樣玩到另外一個世界去的。」金大說。

「呃……」鄧山抓抓頭說：「說找工作好玩是開玩笑，我倒是眞想找個穩定工作，否則這樣懶散下去，也不是好事。」

「多練功啊。」金大說：「你棍法雖然都會了，還可以練更熟一點。」

「整天在家裡練功有什麼意思？」鄧山抗議說：「而且這棍法練會不就好了嗎？要練到多熟？」

「你還早得很呢。」金大說：「現在只是會用，看到招式知道怎麼應對，還需要死命死命地練下去，才能熟練於心，明白武學的眞諦，之後舉手投足莫不有法，這樣你不管拿到什麼武器，都可以發揮出功夫。」

「這話怎麼好像在那邊聽過？你哪兒聽來的？」鄧山抓抓頭說：「最近我有看什麼武俠電影或小說嗎？」

金大哇哇叫說：「我說眞的啦！」

「好啦。」鄧山笑說：「反正有空就練吧，又不急迫，不要拚成這樣。」

「也該教谷安功夫。」金大念頭一轉說：「他神能這樣凝練下去，和內氣的性質十分接近，先教他一些防身武技，萬一出事，也比較省神能。」

「不會吧。」鄧山皺眉說：「連他也要教？」

「如果他出事情，你不會理會的話，就別教。」金大悠哉地說。

「呃……」鄧山只好認輸，點頭說：「教他就是了，反正還不是你教。」

「不行。」金大說：「我所知的功夫，只有棍法適合這世界，但太多招了，教起來會太累。」

「那教什麼？我又不會其他的。」鄧山說。

「人類會創。」金大說：「等你練熟了，你可能就會創功夫了，這我就不會，我只會記功夫。」

「創功夫？眞的嗎？」鄧山從沒想過這一點。

「眞的。」金大說：「但是要很熟很熟，所以要加油。」

「好吧，那谷安就只好慢慢等了。」鄧山把這事情先扔開。

「還是先教他一點近身巧打好了。」金大說：「上次教你那套功夫就教他吧，那個鼓出內氣也有一定的威力，只是外送出去沒什麼加成效果。」

「好啊。」鄧山沒放在心上，腦袋還想著找工作的事情。他心念一轉，得意地說：「我可以回補習班教書。」

金大沉默半晌，最後才說：「人類眞的是很難理解……居然硬是要找個工作浪費時間？」

鄧山懶得追究，自顧自地說：「別管這麼多，我先去找班主任聊聊。」

「你本來不是要去找那個小女人？」金大狐疑地說。

「沒關係，晚點再去……」

今天先前打電話給柳語蓉，狀況已經不大理想，當眞見面還不知道會怎麼演變，所以，鄧山其實潛意識頗有點能拖則拖的心態在作祟，當下不管金大說什麼，出了家門，開車往補習班駛去。

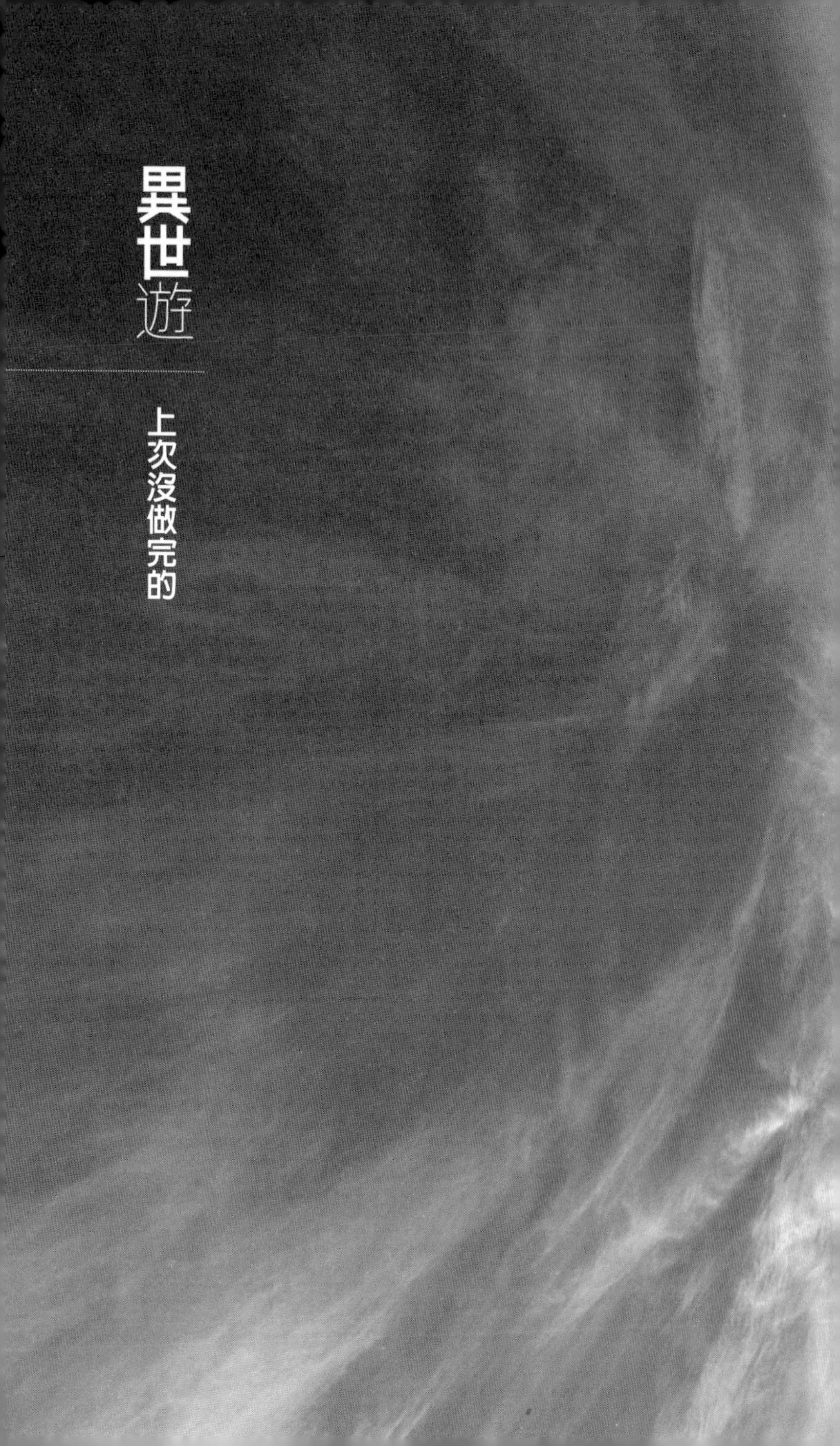

異世遊

上次沒做完的

辭職離開補習班已經快兩個月了，班主任見到鄧山十分高興，熱絡地問東問西，尤其當初鄧山就是因爲工作而辭去教職，班主任不免對鄧山的工作多關心了兩句。只不過鄧山幾乎沒什麼事情可以老實說出的，只好胡亂扯了一堆。

聊了頗久，鄧山才提出自己已經離職的事情，班主任聽出鄧山似乎有意願回來，這下可是更熱情了，畢竟當初鄧山上課的時候還頗受歡迎，學生不少；後來換了一個還在讀書的大學生來教，第二個月馬上掉了三分之一的學生，讓班主任十分困擾。

聊啊聊的，班主任很客氣地把鄧山留下吃飯，鄧山也就半推半就地待了下來。吃飽之後，學生也漸漸出現，班主任沒時間陪鄧山多聊，鄧山這才告辭離開。

拖到這個時候，沒理由再拖了。鄧山開著車，駛到柳語蓉住處外的巷口，繞了兩圈，好不容易找到停車位，停下車子。鄧山心中還是有點遲疑，先打電話過去？還是直接找過去？

不管如何，先看看她在不在家吧。鄧山自經家主祕殿灌注之後，內氣含量與過去大不相同，當年的余若青就可以體察百公尺內的動態，此時的鄧山，只要有心，隔幾個街口一樣能有所感應。鄧山也不下車，直接送出心神，向著柳語蓉的住所凝聚。

嗯，她在家……似乎正一個人聽著音樂，隨口哼唱著，還有翻動書頁的聲音。鄧山想像著柳語蓉一個人趴在床上，聽著音樂，看著小說的輕鬆模樣。自己也曾陪著這樣的她，那時候兩人都覺得一定會一直這樣下去，怎料到會有今天的變化。

突然咚的一聲，有些沉重的撞擊異響傳出。一時鄧山猜不出那是什麼聲音……只聽柳語蓉喃喃唸著：「好無聊……」

她捧書嗎？自己今天的電話，讓她心神不定嗎？如果解釋清楚了，萬一她還想繼續，那又該怎麼辦？

此時屋中的柳語蓉突然哼了一聲，關了音樂，叮叮咚咚地撥起電話。隔了片刻，只聽她說：「莎莎，今晚想去嗎？好無聊唷。」

「蓉蓉？不是前天才去嗎？不滿意那個小帥哥嗎？」電話中的女孩聲音有點甜膩，吃吃地笑了起來。

鄧山也認識三、五個柳語蓉的同學，不過，電話那端女孩的聲音雖然挺好聽，卻很陌生，鄧山也沒聽柳語蓉提過這個名字。

只聽柳語蓉淡淡地說：「算了吧，那小子只有臉能看，爬到身上不到三分鐘就完蛋了，妳前晚呢？」

「我倒是還好，不過那人有點變態，折騰了兩個多小時才完事，害我到昨天腰都還軟的。」莎莎說：「如果妳想去，我還是可以陪妳去，今晚『醉幻city』是內衣之夜，女生進去以後要換穿內衣或比基尼，男生一定比女生多很多，敢去嗎？」

「去啊。」柳語蓉說：「為什麼不敢？」

「那妳要穿比基尼還是內衣？」莎莎說：「我的比基尼不適合夜店的燈光說。」

「那穿內衣好了。」柳語蓉遲疑了一下說：「我有套黑紗的，還沒穿過。」

「是為了妳當初那個男友買……」莎莎說。

「別提他。」柳語蓉迅速打斷了莎莎的話。

「好，別生氣。」莎莎說：「現在這樣不是很快樂嗎？我是要說……那件鏤空的地方不少耶，這樣好嗎？」

「嗯……不管了。」柳語蓉說：「那套內衣內褲整套的，那今天就不穿小丁囉。」

「好。」莎莎笑說：「妳全身黑，那我穿全身白好了。」

「妳少裝純潔。」柳語蓉噗嗤一笑說：「小心找到笨笨的處男。」

「不會每次都這麼倒楣啦……」莎莎突然說：「妳喔，上大學以後就突然乖了一段時間，害我都一個人去，總算又開始找我了。」

「別說了啦。」柳語蓉有點不耐地說：「現在不是和以前一樣嗎？」

「對呀，嘻嘻。」莎莎說：「那我十點去接妳。」

「嗯，掰。」柳語蓉掛上了電話。

聽著音樂聲又響起，呆坐在吉普車上的鄧山，整個人好像被澆了一大桶冷水，從頭冷到心底。

這就是……柳語蓉嗎？這是自己認識了七年的那個小妹妹嗎？她……她在玩一夜情嗎？而且從高中就開始了？語蘭知道這件事嗎？

如果這樣的話……那一夜，她為什麼阻止自己？難道自己比那些夜店認識的男人還不如嗎？鄧山雖然曾感覺到柳語蓉似乎對這方面挺熟稔，卻從沒想到，她不僅有經驗，而且老於此道……她為什麼到大學就突然乖了一陣子，是因為自己嗎？重新再過這種生活，也是因為自己嗎？這就是柳語蘭所說的自暴自棄嗎？

鄧山在車中呆望著儀表板，聽著柳語蓉洗澡、吹頭的聲音。又過了片刻，只聽窸窸窣窣的更衣聲傳來，鄧山猛然回神，這才發現已經九點了，自己居然在這兒發呆了兩個鐘頭？

還要等下去嗎？等到十點，看著打扮好的她去夜店獵男？

為什麼自己這麼心痛？這種心痛，不只是男女之間的心痛，還包含了鄧山對柳語蓉本來就有的兄妹情感，不論別人的看法如何，至少對個性有點古板的鄧山來說，柳語蓉這麼做等於是在糟蹋她自己。鄧山突然什麼都不想，跳下車門，走到柳語蓉住所大樓外，撥了電話進去。

「山……山哥？」柳語蓉有點意外的聲音傳來。

「我在妳門外。」鄧山說。

「啊？」柳語蓉怔了怔說：「我……我今晚……」

「不會耽擱妳太久的。」鄧山心傷之餘，說話也少了顧忌，黯然地說：「現在的我……已經失去進妳房間的資格了嗎……？」

電話那端沉默下來，過了幾秒之後，柳語蓉終於說：「在門口等我一下，我換件衣服。」

說完，大樓鐵門倏然打開。鄧山掛上電話，推開門走了進去。

鄧山站在柳語蓉套房門口，心中思緒起伏著，他根本不知道該怎麼勸戒柳語蓉，但卻知道自己不能不來，至於該怎麼說，只好走一步算一步了。

柳語蓉在裡面弄了半晌，這才打開門，兩人目光對視，一種陌生的感覺橫梗在其中，眼前人明明十分熟悉，但又像是陌生人一般。對望了片刻，柳語蓉才回過神，退開一步低聲說：「進來吧。」

鄧山走入門中，也跟著從迷惘中回到現實，他看了看已經換上居家睡袍的柳語蓉，素雅的臉還有點濕潤，似乎剛用卸妝乳把妝急匆匆抹去……她畢竟不願掛著一臉濃妝面對自己……鄧山望著柳語蓉，想著她國中時的天真模樣，不禁有點痴了。

「山哥，你……你要說什麼？」柳語蓉被鄧山眼光看得有點不自在，首先開口說。

「我不是同性戀。」鄧山說：「妳們誤會了。」

柳語蓉沒想到鄧山開口第一句話居然是這個，她一呆，似乎不知道應該如何反應。

「我回來之後，不來找妳，是因爲我覺得對不起妳。」既然開了口，索性說清楚，鄧山接著說：「我出差的時候，愛上了若青……雖然她不願意對不起妳，不願……和我在一起，但是我對妳……我對妳……」

「你發現，你已經不愛我了？」柳語蓉幽幽地接口。

「不是。」鄧山望著柳語蓉說：「我對妳並沒改變，但是我開始懷疑，會對另外一個女人動心的我，對妳是不是眞愛？所以，回來之後不敢來見妳……直到今天，我突然覺得自己好像傻瓜一樣……」如果自己精神上出軌就覺得對不起柳語蓉，那追求一夜情的她呢？

「爲什麼？」柳若青低聲問。

總不能說自己聽到她剛剛說的話吧？而且……她畢竟是對自己死心以後才這麼做，也不能苛責她。但雖然這麼說，鄧山心中仍然充滿了那種荒謬的感覺……鄧山吸了一口氣，換了個話題說：「我想問妳一個問題。」

「嗯？」柳語蓉應了一聲。

「我抱著妳的那一夜……妳阻止了我，說……妳還有點不確定……」鄧山低聲說：「我不明白妳的意思，可以告訴我嗎？」

柳語蓉停了幾秒，才緩緩說：「我不確定你是不是眞的愛我。」

妳眞的在意這個嗎？眞的愛妳的，妳才讓他們擁抱妳嗎？這根本就是謊言吧？鄧山很想大聲問出口，又怕傷了柳語蓉的顏面，只凝視著柳語蓉的眼睛，一句話也說不出來。

「山哥？」柳語蓉見鄧山彷彿呆掉了一般，低下頭輕喚了一聲。

鄧山忍著差點衝口而出的質問，啞然說：「我……我不知道該不該相信。」

「因爲……」柳語蓉眼睛紅了起來，她低聲說：「我曾有一段荒唐的歲月……我不知道，你是不是眞的愛我……是否可以包容這樣的我……如果我不阻止你，馬上就得面對這個問題……我不想騙你，但又不敢說實話……」

原來是這樣……鄧山發覺自己誤會了柳語蓉，內心不由得爲之一軟，他嘆息說：「誰都有過去……就算妳不說，我也不會怪妳……何必……」

「我也是一直很徬徨。」柳語蓉說：「不知道該一輩子騙你，還是全部說清楚，賭你能接受這樣的我……那一剎那，我還沒法做出決定，只好……」

「語蘭知道妳的過去嗎？」鄧山靈光一閃，突然問。

柳語蓉一怔，望著鄧山說：「姊姊跟你說了什麼？」

「沒什麼。」鄧山搖頭說：「但是她很擔心現在的妳。」

柳語蓉臉色突然變得慘白，遲疑地說：「她告訴你了……她怎麼可以這樣，她答應我不說的……」

「沒有啊，她什麼都沒說啊。」鄧山吃了一驚，連忙解釋。

「你剛聽到，一點都不吃驚。」柳語蓉抬起頭，望著鄧山說：「你不要騙我了，山哥，妳不是習慣說謊的人。」

鄧山聽到這句話，不由得有點啼笑皆非，金大可是一直稱讚自己是說謊冠軍呢……而更離譜的是自己根本沒說謊，卻被她當成說謊。

重點是，自己確實先一步知道了她的荒唐，也難怪她會懷疑。鄧山嘆口氣說：「語蘭眞的沒說，她只是說，擔心妳自暴自棄，所以我聽到以後，並不意外……」

柳語蓉聽到之後，臉色卻更難看了。她低下頭說：「你這麼說……你連這兩個星期的事情，也知道了？你……怎麼知道的？」

自己在柳語蓉面前，是完全說不了謊嗎？她怎麼一聽就知道有問題？鄧山卻不知道，他在異域爲了隱瞞金大的事情，招搖撞騙地胡扯都能過關，一方面畢竟是初識，不十分了解鄧山，二來是因爲別人無法想到更合理的解答，這部分只能歸功於鄧山的邏輯能力挺強，想得出沒大破綻的說辭。

但柳語蓉可是認識了鄧山七年，加上她本來就聰明細心，自然很容易從蛛絲馬跡判斷出鄧山的言外之意，畢竟，若非鄧山已經知情，又怎會聽得懂「自暴自棄」這四個字的意思？

鄧山不知該如何回答，只好說：「也許我不夠眞心愛妳，但不代表我不關懷妳……我不希望妳繼續這樣下去，我很心痛、很難過。」

柳語蓉也沒回答，反而說：「你現在一定很看不起我，對不對？」

「不。」鄧山搖頭說：「只要妳停止這樣傷害自己，我一點也不在乎過去發生了什麼事情。」

「難道……你知道了，還肯要我？」柳語蓉望著鄧山。

「妳胡扯什麼……」鄧山苦笑說：「我從頭到尾，都只怕自己心意不夠堅定，配不上妳，妳過去發生什麼事情，我怎會計較？」

「也許這是我的報應？」柳語蓉低聲說：「一個放浪的女孩又怎能奢求有專情的男友？」

「妳……妳不要……」鄧山莫名地火上心頭，生氣地說：「不要再這樣……說自己，妳不是這種人，從來都不是。」

「我是這樣的女孩。」柳語蓉望著鄧山，柔聲說：「我每晚都想著你，我想要你抱我，我和誰都可以做愛，只要把他們想像成你……山哥，你如果不要我，你就不要管我了……讓我去……我去找和你有七分像的、五分像的……」

「不要說了！」鄧山將柳語蓉猛一把抱住，心痛地說：「不要說了，我聽不下去……」

「對不起……我不該這樣。」柳語蓉在鄧山懷中，她勉強裝出來的堅強終於崩潰，語不成聲地啜泣說：「對不起……對不起……對不起……」

相擁良久，兩人心中情懷激盪，但心底深處卻又知道過去的日子已經遠去，再也不會回頭，正相擁無言的時候，柳語蓉的手機突然響了起來。

柳語蓉一驚，心知好友莎莎即將來接自己，她推開鄧山，呆了片刻，這才接起手機。

「蓉蓉？我到門口囉，出來吧。」果然傳來莎莎那開朗的聲音。

「莎莎……」柳語蓉又看了鄧山一眼，正遲疑時，鄧山心一冷，嘆口氣，掉頭往外走。剛走到門口，柳語蓉已奔過來一把抓住鄧山。鄧山轉過頭來，只見她紅著眼睛不斷搖頭，鄧山心本來就已經軟了，又怎麼走得出去？

「蓉蓉，怎麼啦？」莎莎聽出有點不對，訝異地問。

「莎莎，對不起。」柳語蓉停了停，看著鄧山，紅著臉說：「我……我男友回來了。」

「嗄？」莎莎呆了兩秒，這才嘆了一口氣說：「枉費我打扮兩個小時，閃人，掰掰。」

「莎莎！」柳語蓉忙喊了一句。

「忙完再聊吧。」莎莎說：「我可是識趣得很，加油啦，掰掰。」跟著掛上了電話。

柳語蓉放下手機，望了望鄧山，低著頭說：「你剛又想甩掉我……跑掉嗎？」

「妳……還當我是妳男友嗎？」鄧山說的卻是這句話。

「除非你眞的是同性戀……」柳語蓉咬著唇說。

「當然不是，不過……」鄧山忙說。

「那……除非你不要我了。」柳語蓉又說。

「我……我不是這……」此情此景，這種話如何說得出口？

「如果你眞不嫌我……」柳語蓉依偎過來，摟著鄧山脖子，星眸如醉地說：「我們把……上次沒做完的做完？」

鄧山心跳如鼓，卻又覺得不對，掙扎著說：「語蓉，我覺得不應……」

「不要……不要說話。」柳語蓉止住鄧山，手一伸，關了大燈，在透過窗簾的路燈光影下，脫下睡袍，露出裡面半透明的黑紗內衣，輕拉著鄧山往床畔走。別說鄧山了，此情此景，任何正常的男人，恐怕都捨不得鬆開這滑軟柔嫩、潔白如玉的小手。

兩人倒在床上翻滾擁吻，漸漸情動，鄧山撫摸著柳語蓉柔軟的身軀，腦海中卻不由自主地想起和余若青纏綿的情景，跟著又想起余若青當時孤立在傳送區內，哭紅著眼往上仰望自己的畫面……鄧山心中一股痛楚靜悄悄地泛出，激情也漸漸冷卻下去，不禁停止了動作。

兩人身軀如此交纏，柳語蓉馬上感受到鄧山的變化。她心中一沉，低聲說：「山……山哥？」

鄧山輕聲說：「妳眞的很美，我……抵擋不了妳的吸引力。」

「那就不要抵抗。」柳語蓉緊纏著鄧山身軀說：「緊緊抱我。」

鄧山心中的話，想說又說不出口，只好輕嘆了一口氣，閉上嘴巴。

「你……」柳語蓉突然低聲說：「並不想要我，對吧？」

鄧山根本不知道這句話的答案……隨口說一個謊言當然很簡單，問題是這樣又怎麼對得起柳語蓉？鄧山正遲疑間，卻感受到懷中柳語蓉原本熾熱如火、柔軟如棉的身軀，不知是不是心理作用，竟彷彿突然變得僵硬冰冷……鄧山心中越來越慌，卻不知道該怎麼安慰懷中的玉人。

柳語蓉緩緩鬆開了鄧山，蜷縮到床的一角，坐起低聲說：「所以……你還是看不起我？」

「當然不是。」鄧山跟著起身，用被子裹住柳語蓉在冰冷空氣中微微顫抖的赤裸身子，緩緩說：「我一直都會……很疼妳。」

「你和那位余姊姊，有做過嗎？」柳語蓉突然說。

鄧山一愣，怔了怔才說：「沒有。」

「你也只願意作我哥哥，不願意當我老公。」柳語蓉有點奇異的平靜，緩緩說：「你……你老實說，是不是想當我姊夫？」

「我……」此時此刻，有些言語彷彿不用再顧忌，鄧山低頭說：「我好像眞的有點喜歡語蘭，不過，剛剛並不是因爲……」

「山哥，你終於承認了。」柳語蓉不等鄧山說完，苦笑打斷說：「爲什麼不說呢？你害苦我，害苦姊姊，也害苦了自己，連那位余姊姊，也害苦了。」

「因爲我也不知道我是不是眞的愛妳姊姊……」鄧山抱著頭，困擾地說：「我根本不懂應該怎樣去分辨，我看著她、看著妳、看著若青……我不知道我到底想要什麼，我心底一直很疼惜妳，但我就是不明白這算不算眞感情，爲什麼……爲什麼我應該明白？爲什麼都是我的錯？」

「不要說了。」柳語蓉搖搖頭說：「山哥，你走吧，別再來找我了。」

鄧山沒想到會聽到這句話，心一酸，遲疑地問：「語蓉？」

「如果你不想和我在一起，勉強有什麼意思？」柳語蓉說：「你去找姊姊吧，我祝福你們。」

「可是我和妳都已經……我應該……我應該……」鄧山有點頭昏腦脹，不知道該說什麼。

「老古板山哥，我們連做都還沒做過，你就想負責任了？更別提我不知道和多少……」柳語蓉頓了頓苦笑說：「如果你只是單純想要，我倒是無所謂……」

「語蓉……」鄧山心痛如絞，難過地說：「珍惜妳自己，別這樣說話……」

「你走吧。」柳語蓉低下頭說：「讓我一個人留在這兒。」

鄧山不知道還能說什麼，下了床，慢慢整理著自己的衣服，幾次回頭看著柳語蓉，卻又不知該如何出言安慰。直到全身都穿妥，鄧山望著仍裹在被窩裡的柳語蓉說：「語蓉……妳隨時有事記得找我。」

「嗯。」

「一定要愛惜自己。」

「嗯。」

「我覺得……我覺得……」鄧山突然有點支支吾吾，似乎不知道該不該說下去。

「山哥。你放心，我不會玩一夜情了。」柳語蓉看透了鄧山的想法，苦笑說。

鄧山是想勸又覺得自己沒勸的立場，所以說不出口，見柳語蓉這麼說，他終於鬆了一口氣說：「這樣是比較好……」

「你走吧。」柳語蓉咬著唇說：「再拖下去，小心我不准你走。」

她到底希不希望自己走？鄧山苦笑了笑，不敢再說，道別之後，走出了柳語蓉的房間。

走到吉普車前，鄧山掏摸著鎖匙，心中滿是惘然。一般男女關係走到這種程度，應該不大會再聯繫了吧，但是柳語蘭又希望自己能幫她照顧妹妹，這可有點兩難，如果繼續牽扯不清的話，不知道又會怎麼演變……

鄧山一面胡思亂想，一面發動了車子，一面有點空虛的感覺。回台灣以來，鄧山一直以爲柳語蓉的事情將會很難處理，所以一直拖拖拉拉直到今日，沒想到當眞去面對，倒似乎已經處理妥當了？不過女人心如海底針，今天看似沒事，過兩天說不定又突然決定要找自己麻煩，這種事情，鄧山實在是一點把握也沒有。

這種時間，台中的車流量已經很少了，在大馬路上隨著燈號行駛的鄧山，忽然間有點悶得發慌，忍不住在心中對金大說：「你有沒有意見？」

「什麼？」金大問。

「我也不知道。」鄧山說：「你不是常有想法？怎麼又突然都不吭聲了。」

「到今天這種狀況，你還是不肯推倒做完整套，我是覺得很失望啦。」金大說。

「我……」鄧山也不知道該生氣還是該苦笑，只好嘆氣說：「我不是問你這個……」

「我不懂人類的愛情應該怎樣。」金大不繼續開玩笑，正經說：「不過你的邏輯也很奇怪，有點不通。」

「唔……」鄧山說：「我的邏輯哪邊奇怪了？」

「這麼說吧。」金大說：「你老是說眞愛、眞愛，不管和誰在一起，都覺得那不是所謂的眞愛，但是，到底是誰告訴你眞愛應該是怎樣的？你怎知道世上是不是眞有那種愛情？除非你經歷過，那就沒話講，問題是你又沒經歷過，這不是很沒邏輯嗎？」

鄧山愣愣地說：「好像有點道理。」

「其實，說不定你和這三個女人的感情都是眞愛。」金大說。

「眞愛怎麼可能這麼多個？」鄧山愕然說。

「這又是誰說的？」金大說。

「唔……」這可問倒了鄧山，鄧山搖搖頭說：「我也不知道，只覺得好像不對。」

「我沒法告訴你什麼是對的。」金大說：「只是你腦海裡面有很多想法，我不知道是哪兒來的，你的問題在於，你不順著感覺走，想理智地思索出正確的選擇；但是你所謂理智的思索過程，卻加入很多莫名其妙不知來由的觀念，那些是對是錯都不知道，怎麼能幫你做出選擇？」

「是這樣嗎……」鄧山停在紅燈之前，思考著。

「我覺得唷，其實你每個都想要。」金大說：「但是心底又覺得這樣不對，每個都無法捨棄的情況下，就拿不定主意了。」

「都要當然不對。」鄧山皺眉說。

「那就甘願點選一個，然後不要三心兩意啊。」金大說。

「說得眞簡單。」鄧山不由得苦笑。

「其實本來就很簡單。」金大說：「選一個安定下來，應該都會很快樂的。是你太貪心了啦！」

這話讓鄧山倏然冒出一身冷汗，自己太貪心？原來是因爲自己太貪心？

「所以你的意思是？」鄧山想了片刻才說：「我該順著感覺，和其中一個在一起？」

「對呀。」金大說：「這樣最輕鬆，就算錯了又如何？再看該怎麼解決就好了。」

錯了又如何？鄧山從沒這樣想過……如果順著感覺走的話，自己該不該和柳語蓉繼續呢？

自己確實還喜歡著她，願意擁抱著她，但這可能是因爲她美麗的外在……

「又來了！你又來了！」金大突然嚷了起來。

「什麼？」鄧山訝然問。

「你又開始想原因了。」金大說：「你想到的一定對嗎？」

「呃……」鄧山這才省悟，自己確實又開始思索著喜歡柳語蓉的原因，而且很武斷地推定是因爲她的美貌，自己這麼做，眞的不對嗎？如果順著自己的感覺，剛剛就該緊緊擁抱她，不該用沉默傷她的心吧……想到這兒，鄧山不禁有點後悔。

「現在回去找她還來得及。」金大悠悠說。

鄧山搖頭說：「已經做錯的就算了，不然這樣反反覆覆，她不嫌我，我自己都受不了……」

「好吧。」金大也不勉強，頓了頓說：「那回去練棍好了。」

現在實在沒有練功的心情，鄧山心念一轉說：「我們去看看海。」

「海？」金大訝異地說：「海有什麼好看，不就是一大片水嗎？」

「你這完全沒有美感的傢伙。」鄧山苦笑地罵了一句，此時剛好轉爲綠燈，鄧山轉過車向，往台中港行去。

台中港是兼顧商業、工業、漁業的一個港口，也是台灣的第三大港，不過對鄧山來說，台中港商業和工業的部分，和他從沒有什麼關係，從讀書以來，除了跳下那有點髒的沙灘玩水之外，主要就是去漁市場購買便宜又新鮮的海鮮。半夜當然沒有漁市場，鄧山只想開車到海邊，吹吹海風，看看大海，聽聽海浪拍岸的聲音，於是不管金大的抗議，沿著台中港路，一路往西行駛。

台中港區範圍不小，有滿是魚腥味的漁市場、漁港區，也有讓商船貨櫃進出的商港區，當然在這種時間，這些地方都沒什麼好逛的。鄧山只隨便停了吉普車，翻過堤防，站在滿是垃圾的沙灘上，看著海浪不斷撫觸著沙灘，想著自己的心事。

除了再也見不到的余若青之外，自己心中最重要的女子，就是柳家兩姊妹了，既然不可能和柳語蓉繼續發展下去，那麼追求柳語蘭應該不再有顧忌了吧？畢竟連柳語蓉剛剛都說了，支持自己追求她姊姊……不過，她說的是真心話嗎？而柳語蘭又是怎麼看待自己的？

鄧山嘆了一口氣，不管功夫怎麼練，一樣搞不懂女人心裡在想什麼，練功夫畢竟不是萬能的……

「這是廢話。」金大很不給面子，率直地對鄧山心中思量下了註解。

確實是廢話，鄧山自己也覺得好笑。看著天色漸漸明亮，鄧山雖然沒能想通什麼事情，不過看著不斷往復的海浪，心中繁雜的思緒，竟似乎在不知不覺間，已經被撫平了。鄧山雖然依然不知道自己該怎麼辦，但冷靜下來想，其實也沒什麼非做不可的事情，索性先把一切事情拋開也不錯……

想到這兒，鄧山突然自語說：「我覺得我好像忘了什麼。」

「什麼？」金大問。

「啊……」鄧山說：「後天是語蓉生日……」

「喔？」金大說：「那你要怎辦？」

「我不知道。」鄧山搖搖頭，回想去年的十二月二十六日，那次耶誕夜剛好是週日，一整個週末，學生們玩了整整兩天，到她生日那天，沒蹺課的同學都不多了，更別提替她慶祝。當時是自己陪著她玩了一個晚上……其實她剛好在這日子出生，一直以來，會幫她慶祝的人應該都不多，不管自己和她現在關係如何，那天至少要盡一分心。

想到柳語蓉，難免想到幾個小時前的溫存，鄧山想到她失望、冷卻的那一剎那，心中不由得傷感，如果早點想通的話，就算是欺騙她，只要自己就此好好疼愛她，那又如何？爲什麼自己總是在事後才想通？

異世遊

前世是個超級高手

開車回到文中路，吹了一夜海風的鄧山倒也有幾分累了，他也不特別去找谷安打招呼，打算自行回到房中運氣。卻沒料到一打開門，卻見到谷安正在自己房間轉來轉去。

谷安也奔了過來，高興地說：「鄧大哥！」

這小子還是這種性子，遇到問題就忍不住急著想問。鄧山笑著問：「怎麼了？很急的話，可以撥電話問我啊。」

「我有事情想問你，但又好像沒這麼急。」谷安睜著大眼說：「有人約我今晚去舞會耶。」

「嗄？」鄧山意外地說：「誰啊？」

「書店的幾個小姐。」谷安說：「說她們學校今晚有耶誕舞會，我問她們那是什麼，她們一群人笑個不停，沒人理我，我就不敢問下去了。」

「呃……」鄧山不禁苦笑，在台灣，可能只有谷安這個異類不知道耶誕的意思……鄧山當即解釋說：「耶誕是紀念耶穌的生日，某些學校在耶誕夜辦舞會是一種習慣，你不是常看電視，沒看到耶誕相關的廣告嗎？」

「我看到廣告就轉台耶。」谷安抓頭說：「那我應該去嗎？」

「可以呀。」鄧山轉念說：「但是你會跳舞嗎？應該不會吧。」

「那是什麼？」谷安連忙搖頭。

「反正學生舞會，眞會跳的也沒幾個。」鄧山想起當年讀書的日子，呵呵一笑說：「快舞就亂跳，慢舞就摟著女孩的腰，隨著音樂左右慢慢踱步就好了，看看應該就會了。」

「有點可怕，鄧大哥可以陪我去嗎？」谷安又說。

「怕的話就不要去呀。」鄧山好笑地說。

「我想去，但是會害怕。」谷安笑嘻嘻地說：「他們也說可以帶朋友去，鄧大哥反正也沒事嘛？我們一起去玩。」

還是這麼孩子氣，鄧山想起這一個月來也幾乎都沒帶谷安去哪兒玩，心中有點歉意，於是點頭說：「好吧……我晚上和你去，她們什麼學校的？」

「西嚴大學，她們說在西美路二段。」谷安說。

「西美路有這所學校？」鄧山皺皺眉說：「可能又是新設立的吧，這幾年大學和學院一間間開，都記不住。」

谷安當然更不清楚，只好在一旁乾瞪眼，不知該如何答話。

「那些小姐爲什麼會邀你？」鄧山突然想起這個問題。

「我不知道呀。」谷安說：「我和她們常聊天，昨天去買書，先是一個跑來問，後來就一整群都跑過來了。」

看來俊美的谷安還挺受歡迎，鄧山點頭說：「你不是當初一直說要交女朋友，那些小姐裡面有你喜歡的嗎？」

「唔？」谷安呆了呆說：「沒有。」

鄧山不由得有點擔心，希望女孩子這樣問谷安的時候，他不要也回答得這麼爽快……對了，自己老是問金大意見，也許可以問問谷安？雖然他沒什麼經驗，不過個性單純的他，也許另有可以參考之處？

想到這兒，鄧山開口說：「谷安，我問你一個問題。」

「什麼？」谷安說。

「你覺得眞正的愛情，是怎樣的？」鄧山問。

「不知道耶。」谷安搖頭說：「沒去想過。」

「那……怎樣的女孩子你會喜歡呢？」鄧山又問。

「很多呀。」谷安這問題倒是很爽快、迅速地說：「電視上很多漂亮的女孩，我都很喜歡呀，只可惜都不認識。」

「這……」鄧山呆了呆說：「只看長相嗎？」

「認識以後再慢慢了解內在呀，內在怎能一下就看得出來？」谷安理所當然地說。

「但是，萬一你追求對方，追到一半，才發現對方內在和你不合呢？」鄧山問：「萬一對方已經喜歡你了，這時候突然甩掉她，不是很過分嗎？」

「不會啦。」谷安說。

「怎麼不會？」鄧山訝然問。

「正常是一方走一步，另一方跟著走一步的，如果兩邊步調不同，本來就會走不下去。」谷安說：「所以如果你沒有陷入很深，對方也該沒有，不用太擔心。」

「這誰跟你說的？」姑且不論對不對，鄧山沒想到谷安還眞的有一番見解，不禁訝異地問。

「我們島上的老師。」谷安說。

鄧山一呆：「你們學校還教這個……？」

「不是啦，是我問老師的。」谷安有點不好意思地說。

居然問老師這東西，他對交女朋友還眞有興趣……鄧山笑說：「那像你現在……很多喜歡的人，假如都在你眼前的話，你怎麼知道該先追求誰？」

「就選一個最喜歡的呀。」谷安一點都不覺得這問題是困擾。

「那萬一選不出來呢？感覺喜歡的程度都一樣呢？」鄧山不放過這個問題。

「如果感覺都差不多的話……隨便選也可以呀，抽籤？」谷安聳聳肩說。

這就是單純人的解答嗎？鄧山不知道該怎麼問下去，心中卻不由得想到，如果自己和谷安的人生觀一樣，也許就沒這麼麻煩了？

「是呀。」金大馬上湊熱鬧說：「我早就說你想太多，自找麻煩，我看你最喜歡的就是那個出國的姊姊吧？妹妹不也叫你去追她？快去吧！推倒、推倒！」

鄧山想起柳語蘭俏皮的笑容、爽朗的態度、不失天眞的心境，不由得有一絲意動，但她如今遠在異鄉，等她讀完書回國，又不知道還要多少年，現在怎麼個追求法？鄧山嘆口氣，在心中對金大說：「等她回國再說吧，說不定到時候她已經嫁人了呢。」

「爲什麼要等她回國？」金大不解。

「相隔這麼遠，連開始都很困難。」鄧山說。

「去找她呀。」金大說。

「難不成我出國去追？」鄧山說。

「有何不可？」金大一點都不覺得奇怪。

「這……」鄧山覺得不大妥當，卻又不知該怎麼對金大解釋。

「鄧大哥，你還好吧？」谷安見鄧山發呆半天，到最後居然自顧自地搖起頭來，有點擔心地詢問。

鄧山這才察覺自己失態，連忙說：「沒什麼，谷安，我教你一套功夫吧。」

「喔？」谷安高興地說：「棍法嗎？」

「棍法？那個很多招，很難學耶，你有興趣嗎？」鄧山訝異地說。

「這樣喔？」谷安一點也沒想到辛苦的地方，只興奮地說：「不然鄧大哥本來想教我什麼？」

「有一套拳法可以教你。」鄧山說。

「什麼拳法？」谷安問。

「呃……」鄧山這才想起，那功夫一直沒決定正確的名稱，總不能當眞叫偷雞摸狗二十七手吧？

「哈哈哈，你看，那時候嘲笑我，自己不敢說了吧。」金大馬上冒出來奚落鄧山。

鄧山不理會金大，對著谷安說：「這功夫創的人沒取名字，所以暫時還沒名稱。」

「喔！好。」谷安說：「在這兒學嗎？還是外面？還是十二樓？」

鄧山說：「這兒就好。」這兒空間連練棍都夠了，練這套拳法自然是綽綽有餘。

於是，鄧山開始傳授谷安那套功夫，但老實說，鄧山雖然學會了這套功夫，除了和金大對拆過幾次之外，還眞沒用過幾次，未必有多高明，所以傳授的過程，自然免不了需要金大插口指點。也因爲金大囑咐鄧山，該一招完全練熟才練下一招，否則學太多會整套亂打，最後會把基礎搞壞，所以，鄧山一開始只傳了一個角度的三個動作，就不敢多傳，想等谷安熟練再說。

不過谷安悟性極高，記憶力又好，許多法門聞一知十，那三招很快就打得似模似樣，看起來角度挺準的。

「他很厲害呢，學好快。」谷安在練習的時候，鄧山一面在心中對金大說。

「是挺快的。」金大說：「不過這種功夫，是內氣不外發狀況下的頂尖武學，差一點角度威力都差很多，想完全無誤地抓到正確的位置，還是要花不少時間，再天才也沒辦法，不能太急，你可以讓他用這三招試試其他的角度。」

鄧山卻沒料到，當他傳授了每一招的九種變化之後，谷安居然不怎麼需要練習，就能把角度拿捏得挺準，彷彿這些功夫他早已經熟練了。別說鄧山吃驚，連金大也很意外，這功夫金大可以確定，現在全天下會的只有鄧山一人，谷安不可能練習過，那他怎能學得這麼快？

鄧山以此詢問谷安，谷安卻也說不出所以然來，只說配合著內氣移動雙手，自然就會放到正確的位置上，他也不知道原因，彷彿本來就會這套功夫一般。

眼看谷安練習無誤，鄧山教了三招又是三招，這一教一學，兩人連吃午餐都懶了，直到晚餐時分，外面天色漸暗，谷安已經把二十七手兩百四十三種變化完全學會。雖然沒比金大帶動下的鄧山還快，卻也是十分驚人的速度。

「這小子……」金大不由得讚嘆說：「說不定眞能教他棍法。」

「是啊。」鄧山也在心中對金大說：「說不定他學會棍法之後，會比我先創出功夫來，眞是天才。」

「很有可能。」金大說：「不過學功夫這麼快，已經不是天才兩個字可以形容了。」

「不然是怎樣？」鄧山問。

「只有一種人具備這種自然能拿捏到正確位置的能力，比如我。」金大一點都不謙虛，得意地說：「就是已經熟悉了太多種功夫，也體悟到大部分武學的道理，這樣移動之間，自然會找到最好的角度和變化，只要記得招式的大概方位，試演時，自然就會知道怎樣出手才適當，所以我學棍法才會這麼快。」

「就是你上次說的，舉手投足莫不有法？」鄧山問。

「對，就是這樣，如果你也到這程度，就該會創招式了。」金大說：「可惜我雖然知道道理，卻不會創招式……」

「說也奇怪，你不是創出一套奇怪的養氣方法嗎？」鄧山說：「爲什麼不會創招式？」

「我腦海裡面招式已經很多很多了呀。」金大說：「隨便拿一個來都能用，也很難想出更新更好的。」

「還是說谷安的事情。」鄧山說：「他怎麼可能練過功夫？他神國長大的耶。」

「對呀！好奇怪。」金大突然醒悟，連忙說：「你快問他。」

鄧山望著正快速揮動拳掌的谷安，看他興奮的模樣，似乎對練武也頗有興趣，鄧山心念一動說：「神國會不會禁止人習武？」

「不會呀。」谷安一面回答，一面演練著招式說：「但是不准使用金靈，所以沒人練。」

在那個世界，不使用金靈就沒法修養內氣，當然沒人練……鄧山搖頭說：「爲什麼不准使用金靈？」

「因爲金靈會消耗神能。」谷安說。

「消耗神能？」鄧山一時聽不懂。

「我也不知道耶。」谷安說：「我是聽人說的。」

「因爲在那個世界，內氣都是用神能轉化入體，所以會消耗。」金大在鄧山心中解釋。

原來是這樣……鄧山接著對谷安說：「我知道怎麼消耗的了，不過你們的神也眞的很厲害，幾百年來，一直有這麼多人用金靈練內氣，神能還是一樣很多呀。」

「不只金靈，有些神使不珍惜神能，胡亂使用，耗用神能的量更嚴重，尤其南谷大鎮那兒一些沒有信仰的神使。」谷安說：「神王只好不斷往外釋放神能，很辛苦。」

「神王？釋放神能？」鄧山又聽不懂了。

「對呀。」谷安說到這兒，突然一停手腳，驚呼說：「哎呀，這個不能說的。」

「怎麼？」鄧山嚇了一跳。

「這是祕密。」谷安皺眉說：「不可以對外說的，神國都沒多少人知道。」

「反正我們都離開那個世界，也回不去了，洩密應該也沒關係，不用擔心啦。」鄧山笑說。

「也是……」谷安口中雖然這麼說，卻似乎仍未釋然，搖搖頭說：「但我還是不該說。」

「好吧，那我不問你了。」鄧山換個話題說：「你好像已經熟練了，我和你過個招好了……啊，你會不會餓？要跟李媽說一聲。」

「不會。」谷安說。

論內氣的蘊藏量，谷安可比鄧山還高出太多，就連鄧山幾天不吃飯都不當一回事，遑論谷安。只不過若是沒事，兩人還是依習慣進食，吃得不多就是了。

「啊……你今晚舞會和人約幾點？」鄧山又想起這件事。

「十點在她們學校門口。」谷安連忙說：「我不知道路喔。」

「我大概知道路……現在還早。」鄧山看看手錶說：「那別吃晚餐了，別玩到忘記時間就好，你準備囉。」

「好。」谷安有點緊張地點頭，退開兩步，拉開架勢。

「我和他過招好不好？」剛從故障狀態中恢復的金大手癢了。

「好啊。」鄧山樂得輕鬆，答允了金大之後，對谷安笑說：「你小心點喔，我打打可能會用比較奸詐的招數對付你。」

「喔？好。」谷安本來就很佩服鄧山，一聽更緊張了些。

「唔……」金大忍不住說：「什麼奸詐的招數？你在說我嗎？」

「你本來就很愛出怪招。」鄧山在心底偷笑。

「哼！」有架可打，金大不再和鄧山吵嘴，往前一撲，對著谷安攻去。

一開始，金大看在谷安初學乍練，出手畢竟還是客氣了一點。而谷安剛開始確實因爲緊張，頗有點手忙腳亂，不過在鄧山幾個指點之下，谷安越來越是順手，和金大控制的鄧山打得不分上下；金大本就好勝心強，帶著鄧山的動作越來越快，而谷安卻也總能應付。

因爲兩方都沒運使內氣，速度有其限制，金大打打忍不住對鄧山說：「跟他說運個三成內氣，但是含而不放，你呢……運個六成，加上黑焰氣加成，就和他差不多。」

原來自己內氣和谷安差這麼多？六成加上黑焰氣，這可是不小的威力了，鄧山擔心地說：「有需要嗎？會不會有危險。」

「不然這樣太慢了，練不到反應。」金大說：「這小子比你還厲害，我等等要用怪招了。」

「別打傷他了。」鄧山不由得擔心。

「打傷他？我還怕輸給他咧。」金大哼了兩聲。

谷安這麼厲害嗎？鄧山一面照著金大的囑咐，開口要谷安提升內氣，一面仔細看著谷安的拳路，果然他不只是把這兩百四十三手練習得非常熟，更特別的是，無論金大怎麼變招，谷安總能在這兩百四十三種變化之中，找到最適當的一招來應對。鄧山現在只有棍法勉強可以達到這種境界，拳法可就差得老遠，難怪金大會說谷安比自己還厲害。

要到這種程度，本該需要無數的實戰演練，何況金大會的招式又多，鄧山之所以只熟悉棍法，就是當初學會拳法與棍法之後，大多時間都是和金大演練棍法，加上金大又很清楚鄧山的弱點與缺失，訓練上十分有效率，才讓鄧山的棍法勉強到達這種程度。但第一次和人過招的谷安，怎可能一下就達到這種境界？只能用「不可能」來形容，鄧山到這時候，才眞的了解金大剛剛說的「不是天才兩個字可以形容」的意思。

在這個時候，鄧山發現金大控制著自己的身體，突然一個折腰閃避，跟著兩手揮出，一上一下怪異地擺動著，同時腳踏著迅速且繁複的步伐，繞著谷安打轉。

果然出怪招了，這招連自己都沒看過。鄧山看著谷安，卻見他不慌不忙，前踏一步轉身，兩手往左下角一探，恰到好處地迎上劃著奇妙軌跡的鄧山雙掌。

「怎麼可能！」金大在鄧山腦海中怪叫一聲，帶動鄧山身軀，點地騰起閃過谷安這招，手腳在空中一陣亂舞，彷彿蒼鷹搏兔一般往下探爪，對著正下方的谷安腦門抓去。

谷安卻兩手往上虛抓，一旋之間，和鄧山的雙掌一碰，雖然兩人內氣都含而不放，沒有激烈的氣爆產生，但兩股龐大的內氣這麼對撞，仍產生一股強大的反挫力道，鄧山被震著往後飛出數尺，谷安則登登登退了三步。

不只金大吃驚，鄧山也大吃一驚，金大前一招藉著特殊的步法移動，配合上變化難測的雙掌，除非早已見識過，怎能這麼剛好地迎上？第二招由上往下攻擊，更是欺負谷安所學的兩百四十三種變化中，沒有往空中迎敵的招式，金大本料想谷安縱然不呆住，也會手忙腳亂地後退，沒想到谷安自行變化，選了一個最適合的方式和角度，往正上方迎去，卻是恰到好處地抵擋了金大的招式。

自從過招以來，金大總能順勢變招，沒讓兩方當眞硬碰，直到剛剛那招身在空中，身形無法挪移，金大若再變招，恐怕眞會有人受傷，金大也不敢冒險，所以就這麼和谷安對碰了一下，兩方各自落開。

「這小子一定本來就是高手！」金大一落地就哇哇叫說：「他是超級大騙子！快拿棍出來扁他！」

「別胡說。」鄧山說：「他明明全身都是神能，又沒金靈，怎麼可能是什麼高手。」

「唔……」金大想想也對，煩惱地說：「那怎麼會這樣？搞不懂啊！」

「谷安。」鄧山望著谷安說：「你還好嗎？」

谷安這時卻是望著自己雙手，似乎有點呆滯，聽到鄧山呼喊，才抬起頭，愣愣地說：「什麼？」

「你還好嗎？」鄧山重問了一次。

「還……還好。」谷安望望自己，抬起頭對鄧山說：「好奇怪。」

「什麼？」鄧山問：「沒事吧？你表現得很好喔，我都不是你的對手了。」

「我好像不是自己……」谷安有點慌張地說：「好像有人帶著我身子移動，又好像有人告訴我，該怎麼應付這些招式。」

「有人告訴你？帶著你動？」鄧山不由得開始懷疑，谷安身上莫非也有一隻醒著的金靈？

「這樣講也不大對。」谷安抓抓頭又說：「之前練拳的時候，我就有點感覺了，但不是這麼清楚，剛剛過招才明顯起來……我出招的時候，內氣好像會引導我的手腳到正確的位置，然後我看到鄧大哥一些招式，本來我一點都不知道該怎麼應付，但是腦海中就突然知道這招式會打到哪邊，然後也突然知道該怎麼應付……好奇怪。」

這樣聽起來和金靈不大一樣……

「當然不一樣！」金大抗議說：「他身上若是有金靈，我怎麼可能不知道？他是怪物！有鬼！妖怪！妖術！」金大把跟鄧山學到的辭彙都搬了出來。

「好啦，你別吵。」鄧山轉對谷安說：「這可能是你的天分？」

「不……剛剛和鄧大哥那一碰之後……」谷安搖頭說：「連內氣運行的方法，也換了一種方式，這種好像更舒服，內氣正不斷地在我身軀出入凝聚……」

谷安說到這兒，突然伸掌在虛空中劃了個半圓，帶出一股龐然能量凝聚到掌心，只一瞬間，一股強大的威勢立即往外泛出。

鄧山吃了一驚說：「快住手，你想拆房子嗎？」

谷安呆了呆，納氣回體，一面焦急地說：「怎麼會這樣？我中邪了嗎？」

「他剛那招可不是我們教的。」金大聲音凝重起來：「那功夫是可以外發的，威力很大，連我都沒看過，眞的有鬼喔？」

連金大都沒看過的功夫可不多，鄧山不由得也有點心驚，看著谷安半天，鄧山這才一拍手說：「是有一種可能性……雖然我一直不是很相信那種說法。」

「什麼說法？」谷安可憐兮兮地問。

「轉世輪迴……」鄧山說：「然後恢復了部分前世的記憶，大概你前世是個超級高手。」

「嗄？」谷安萬萬沒想到最後會聽到這個解答，當下呆在那兒，不知該如何反應。

□

當晚十點，鄧山還是帶著谷安到了西嚴大學校門口，若不是鄧山當年也當過大學生，早有經驗，今晚只怕是非遲到不可。盛大活動當晚的西嚴大學，除了本校的學生之外，學生們也各自邀請了許多校外人士，而因爲校外的人一般來說都對這所大學不熟，泰半都約在校門口會合，所以到了這種時間，校門口內外早已經擠滿了人，車子更是得停到老遠。

還好鄧山和谷安兩人都不怕走路，一路走來人山人海、萬頭鑽動，好不容易走到校門口，放眼望去，上千個年輕人正三五成群地散在校門口的空地各自聊天。既然呆站在這邊，大部分都還在等人，許多男女聊上幾句就不斷往外張望，周圍不斷傳來歡笑與招呼聲，氣氛十分熱鬧。

「有看到你的朋友嗎？」鄧山問。

「沒有耶。」谷安四面看了看說：「沒有穿書店制服的。」

「誰這時候還穿制服啊！」鄧山笑罵：「一定穿別的衣服啦。」

「嗄？」谷安咋舌說：「我對她們長相不是很有印象，只記得衣服耶。」

「你這小子……」

鄧山正不知道該不該罵人，遠遠的有個女孩的聲音嚷起：「谷安？」

鄧山和谷安同時望過去，只見另一邊，七、八個年輕女孩聚成一團的地方，正有幾個女孩朝谷安揮手，另外三、四個女孩也很好奇地望著谷安，卻沒什麼人多看鄧山一眼。

還好谷安很醒目。鄧山和谷安當即往那兒走去，一路上，目光轉向谷安的人可真不少，畢竟他身材高眺、高鼻深目，再加上俊美的臉孔，很容易吸引女孩子的注意力。

鄧山一面走，一面看著那幾個女孩，她們雖然沒什麼太特殊的身貌，至少都洋溢著青春的活力，其實也挺吸引人的，如果谷安對這些女孩子的外貌都沒興趣，那麼他眼光還眞的是高了一點。

「妳們大家好。」谷安很有禮貌，走到那些女孩身旁，先笑著介紹鄧山說：「這位是我最好的朋友鄧山大哥，我們住在一起，他十分照顧我。」

「欸……」鄧山看著那群女孩驚訝的眼神，終於知道問題所在，他一瞪谷安說：「你都跟別人這樣提起我呀？」

「對呀……這樣錯了？不然我該怎麼介紹？」谷安愣愣地說。

「難怪別人以爲我是同性戀。」鄧山瞪了谷安一眼說：「原來是你害的。」

「同性戀是什麼？」谷安雖然很努力吸收新知，但這一個月的時間內，還沒能學到這個名詞。

鄧山正不知道應該怎麼跟谷安解釋的時候，那七、八個女孩已經嘻嘻哈哈笑得東倒西歪，還有人正咬著另一個人的耳朵說：「就跟妳說這外國人很好玩吧？」只不過以鄧山和谷安的能耐，不管別人怎麼咬耳朵，自然都聽得清清楚楚。

「你以後就說我是你朋友，就夠了。」鄧山說：「不用解釋這麼多。」

「喔。」谷安只好點頭：「那同性戀到底是什麼？」

「以後再跟你解釋。」鄧山回頭對那些女孩苦笑說：「我是鄧山，不是同性戀，妳們好。」

「鄧大哥好。」幾個比較大方的應了一聲。

「鄧大哥。」一個綁著馬尾的女孩笑著說：「既然不是同性戀，你和谷安爲什麼住在一起呀？」

「只是住在同一個樓層而已。」鄧山微笑說：「因爲他對我們這個社會還不大了解，我有時候會幫他一點忙。」

「那他從哪邊來的呀？」女孩含笑瞟了谷安一眼說：「他好壞喔，每次問他，他都說從另外一個世界來的。」另外幾個女孩也跟著起鬨。

這小子未免老實過頭了，鄧山瞪了谷安一眼，看他呆頭呆腦的模樣又不禁好笑，只好搖搖頭說：「妳們還是自己問他吧。」

「唉唷！鄧大哥，告訴人家啦。」幾個女孩撒起嬌來，不過鄧山天性對這種事情免疫，當初連柳語蓉撒嬌都無效了，何況這些女孩？

他呵呵一笑退開說：「妳們和谷安聊，他第一次來這種地方有點怕，我只是陪他來的。」

反正這些女孩有興趣的畢竟不是鄧山，看鄧山鬧不起來，很快就轉移目標，圍著谷安吱吱喳喳。谷安倒也是慢條斯理地認眞應付著，鄧山在一旁聽著，發現谷安被問到來自何方這種問題的時候，說話可眞是超級老實，又是另外一個世界又是神國的，只不過每句話都會被人當成笑話，倒是意外的效果。

鄧山站在一旁，正不知道還要等多久，突然心中一緊，又是那種被人觀察的感覺。他微微一驚，心神外散的同時，一面暗暗祈禱，可別在這種地方出事……

那種被注目的感覺，似乎來自身後不遠的兩個人，從能量感覺上，並不像什麼特殊的人物，而兩人似乎也沒對話，只一個勁兒地看著自己。

過了幾秒之後，其中一個人注意力轉開，低聲說：「不去叫他嗎？」這是個女孩的聲音，還挺好聽的。另一個人沒立刻回答，過了片刻才說：「我……不知道。」

這四個字一穿入鄧山耳中，鄧山可是大吃一驚，這不正是柳語蓉的聲音嗎？原來她今晚也到了這個地方……鄧山同時想起，另外一個女孩就是那電話中莎莎的聲音，一時之間，鄧山也不知道自己該不該轉頭過去。

「不想見他就算了啦，我們走。」莎莎頓了頓說：「眞倒楣，今晚本來說好要好好玩的，居然在這兒也碰到……我看他也不怎麼樣啊，不就一個高個瘦子而已？」

「莎莎，妳別這麼說他。」柳語蓉幽幽地說。

「好啦，蓉蓉，妳這樣我看了好難過。」莎莎壓低聲音說：「妳看周圍多少男生在偷看妳？幹嘛這麼死心眼？今晚我再幫妳找個帥哥……」

「我說過以後不做那種事了。」柳語蓉決絕地說。

「好吧，我自己當蕩婦。不過兔子不吃窩邊草，今晚得乖點……」莎莎沒好氣地說：「要是我去拐妳的山哥上床，妳會不會和我翻臉？他功夫好不好呀？」

「莎莎，妳別試探我。」柳語蓉聲音中透出一股怒氣，鄧山可以想像得到，此時她一定沉下臉來了。

「兇得要命。」莎莎說：「我對他才沒興趣咧，妳既然捨不得，幹嘛又要放他走？」

「我……」柳語蓉聲音低了下來，終於有點哽咽地說：「妳不要害我哭。」

「好啦好啦……對不起啦，蓉蓉。」莎莎連忙說：「我開妳玩笑的，都是我不好啦，別難過。」

聽到這兒，鄧山再也忍不住心中的疼惜，正要轉身，金大突然怪叫一聲說：「欸！等等！」

「怎麼？」鄧山吃了一驚，有敵人嗎？

「你早上不是才決定要追姊姊？」金大說：「怎麼又改變主意了。」

鄧山呆了呆，嘆口氣說：「她趕我走的時候，我以為她夠堅強，提得起放得下，所以才……但我現在知道，原來她實際上這麼傷心，我若置之不理，會一輩子後悔的……就像你說的，我和她在一起，其實也未必不快樂啊。」

「那姊姊怎麼辦？」金大說：「找機會偷吃嗎？」

「胡說什麼。」鄧山沒好氣地說：「上次的教訓還不夠嗎？」

「這樣姊姊就不能追了。」不知為什麼金大似乎十分惋惜：「其實時間可以治好傷痛的。」

「我想學學谷安，別規劃自己的未來。」鄧山說：「我現在不想看到她難過，就對她好，就這麼簡單。」說到這兒，鄧山不等金大繼續勸阻，轉過身，向著兩人走了過去。

鄧山這一轉頭，目光和柳語蓉那已經泛紅的大眼相對，柳語蓉心一驚，一滴清淚不由得順著臉頰滑了下來。而她身旁那叫作莎莎的女孩，看鄧山轉身後毫不遲疑就往她們那兒走，忍不住低聲說：「哇靠，他背後長眼睛的？早就知道我們在這邊？」

鄧山沒時間打量莎莎，直接走到柳語蓉身前，左手輕輕抹去她臉頰的淚水，虛捧著她的小臉低聲說：「語蓉，別難過了，都是我不好。」

男女之間，有些事情不須說清楚，在一言一行之中，自然會產生感覺。鄧山這樣的動作，柳語蓉馬上感覺到鄧山的心態似乎有些不同，但她一時之間又不敢相信，只睜著一雙大眼看著鄧山。

「可以原諒我嗎？」鄧山說：「讓我以後好好地對妳？」

柳語蓉呆了好片刻，突然退一步搖了搖頭，似乎是不敢置信，又似乎有點迷惑。

「也許我不能跟妳保證什麼……但這兩天，我想通了很多事情，其實未來的事情沒必要太擔心。」鄧山低聲說：「現在這一刻，我心裡只有妳，妳心裡只有我，這樣不夠嗎？」

「山哥。」柳語蓉煩惱地說：「你為什麼總是在改變心意，你……要我怎麼辦？」

「我們為什麼要煩惱以後的事情？為什麼要給自己這麼多壓力？以後的事情，誰也不知道，不是嗎？」鄧山不知是對柳語蓉說，還是對自己說：「愛情本來就該是兩人攜手一步步往前走下去，老是擔心走不完，又怎麼能踏出第一步？」

「山哥……你現在，是真心的愛我嗎？」柳語蓉仰起頭說。

「我現在是真心地愛妳，而且只愛妳一個人。」鄧山說到這兒，忍不住往前一步，伸手緊緊摟著柳語蓉。鄧山知道自己並不是說謊，縱然心中一角仍有柳語蘭或余若青的倩影，但自己這一剎那確實真的願意全心地照顧她、愛她，難道這樣還不夠？

柳語蓉臉上的妝早已經糊了，她靠著鄧山的胸懷，不知道爲什麼，眼淚就是止不住，一滴滴地不斷滾落。

「妳可以原諒我嗎？語蓉。」鄧山輕聲地說。

異世遊

想搬來和我一起住嗎？

隔了良久，柳語蓉終於輕輕推開鄧山，緩緩搖頭說：「山哥……對不起，這樣不行的。」

「爲什麼……」鄧山訝然說。

「你不能這樣子。」柳語蓉搖著頭說：「昨晚說不愛我，今晚又說愛我，你要我相信哪一個你？」

「語蓉……」鄧山說：「昨晚是我沒想清楚……不能原諒我嗎？」

「我……」柳語蓉低下頭，有些遲疑，似乎難以決斷。

「夠了喔！」一直在旁安靜看戲的莎莎，忍不住跳了出來，擋在兩人之間說：「你這臭男人，當蓉蓉是什麼？招之即來、揮之則去嗎？你走開、走開、走開！」

柳語蓉和莎莎都是性感美女，鄧山和柳語蓉又摟又哭的，早已引得不少人注意，此時莎莎這麼一嚷，望過來的人更多了。

鄧山還沒說話，柳語蓉已經扯著莎莎說：「別這樣，這是我和他的事情。」

「好啦……欸，你不准欺負蓉蓉喔。」莎莎嘟著紅唇，伸指警告鄧山，這才讓開，一面對四面瞪過去，迫走了一堆看戲的目光。

鄧山走近兩步，但此時他不敢貿然摟住柳語蓉，只低聲說：「妳不愛我了嗎？」

「我不知道……」柳語蓉低聲說：「我有時候覺得，像以前那樣偷偷喜歡著你，好像還比較快樂。」

如果她真的這樣希望，那自己當然不該再糾纏著她。鄧山嘆口氣說：「都是我不好，沒有好好珍惜妳，只帶給妳難過……如果妳真的不想……」

「山哥。」柳語蓉突然抬起頭說：「我們回到幾個月之前的樣子，你還是我的大哥哥那樣，好不好？」

鄧山愣在那兒說：「妳意思是……」

「就是……我還是那個老是纏著你的小妹妹，你還是那個讓我撒嬌的大哥哥。」柳語蓉攙著鄧山右手，靠在他肩頭說：「真的，這樣就夠了……」

「這……」鄧山有點不知道現在是什麼狀況。

「哎呀，說清楚了嗎？又沒事了嗎？」一旁的莎莎拿著紙巾塞到柳語蓉手中，一面說：「蓉大小姐，妳也補補妝吧？很多人在看妳耶。」

柳語蓉這才想起自己臉上一定已經一團混亂，她抹了抹，突然望見鄧山白色外套上的眼影粉彩和唇膏，不禁驚呼一聲說：「糟糕。」

「沒關係。」鄧山低聲說：「妳先擦擦臉，不補妝也沒關係，一樣很好看。」

柳語蓉難得聽到鄧山的稱讚，心中微微一甜，望了莎莎一眼說：「山哥，這是我高中同學，郭玉莎，莎莎。」

「你好呀，山哥。」莎莎大方地說：「我叫郭玉莎，大家都叫我莎莎，你也可以叫我莎莎。我在這兒念書，公行系，大二。」

「莎莎，妳好。」

原來是在這兒念書，難怪剛剛會說兔子不吃窩邊草……鄧山這時候才有時間仔細打量郭玉莎，她披著一頭長到背心的黑亮柔順直髮，明媚的五官，在巧妝下，顯出點成熟嫵媚的氣質，和柳語蓉那種帶點甜稚的美麗不同。兩人身材差不多，今日都穿著短裙，踩著高跟鞋，露出一雙穿著絲襪的美腿；至於上半身，郭玉莎套了件顯露身材的緊身毛領外翻皮外套，柳語蓉則是穿著一件長度剛巧蓋過短裙的束腰小風衣，各有不同的味道。

「山哥，蓉蓉不好意思問，我可要幫她問。」郭玉莎大方地說：「你真的不在乎她以前的事情？可別以後突然翻起舊帳喔。」

「莎莎！」柳語蓉還在擦臉呢，沒想到突然聽到這句，忍不住紅著臉叫了一聲。

「我眞的不在乎。」鄧山誠懇地說。

「那就好。」郭玉莎說：「以後別再讓蓉蓉哭了，我看了都難過。」

「莎莎，山哥以後只是我的大哥，妳別胡說了。」柳語蓉很快地補了一點淡妝，攙著鄧山右手說。

「嗄？什麼大哥？」郭玉莎訝然說：「不是老公嗎？還是沒談妥呀？」

柳語蓉臉紅了起來，啐了一口說：「老是胡說八道。」

郭玉莎抿嘴笑了笑，突然歪著頭說：「現在該怎辦，我又該閃人了嗎？」

「莎莎。」柳語蓉忙說：「一起去跳舞。」

「那等等舞會的時候，妳老公要借我嗎？」郭玉莎一把攙著鄧山左手說：「這樣我才不會無聊。」

鄧山被兩個美女這樣攙著，自然引來不少羨慕的目光，不過，他倒是很不習慣這種陣仗，讓柳語蓉攙著的右手還好，左手可就有點僵硬，不敢亂動。

柳語蓉被郭玉莎調侃，臉一紅說：「就說不是老公……這麼想要老公，拿去啊。」

郭玉莎哈哈笑說：「放心啦，不會搶妳老公的，不過，萬一妳老公想偷腥，我就不知道了……山哥，你覺得我怎樣呀？」

鄧山正不知該怎麼應付這個熱情大方的女孩時，三人身後突然傳來聲音：「鄧大哥？」

鄧山知道是谷安找了來，只好帶著兩女一起轉身，一面說：「谷安，我幫你介紹……」

「哎呀！」郭玉莎看到谷安這外國帥哥臉，眼睛一亮說：「山哥，這是你朋友？」

谷安發現眼前出現兩個足以讓他心動的美女，也忍不住睜大眼睛左看右看說：「妳……妳們好。」

「這是語蓉。」鄧山兩手都沒空，只好望望右手，邊用眼睛介紹。他跟著看向左邊說：「這位是郭玉莎——莎莎，是語蓉的朋友……這是谷安，就是和我一起回國的朋友。」

「語蓉？就是那個語蓉？」記憶力奇佳的谷安，馬上想起余若青紙條上的字，不過他畢竟不呆，說到這兒就自動停了下來。

「山哥，你也挺念著蓉蓉喔。」郭玉莎吃吃笑說：「連他都知道了。」

這還是別解釋清楚比較好，鄧山只能苦笑兩聲。

「你們是和誰一起來呀？」郭玉莎往谷安身後望了望說：「那些大一女生嗎？」卻是她發現，那兒有不少目光正向著這兒打量。

谷安一呆說：「她們是大一的嗎？我倒沒問。」

「看打扮就知道了啦……」郭玉莎倩然一笑，沒說下去。

「她們在谷安常去的書店打工，邀谷安來舞會。」鄧山解釋說：「谷安沒去過舞會，要我陪他一起來。」

「那……去和她們打個招呼？」柳語蓉此時情緒已經恢復了正常，她發現郭玉莎似乎對谷安十分有興趣，不由得有點擔心，忍不住開口打岔。

「嗯。」鄧山也贊成去打個招呼，畢竟是人家約來的。

「谷安去就好啦。」郭玉莎一笑說：「人家又不是約山哥，她們看樣子還在等人，我們兩個在這站下去的話，腿可是會冷的，山哥你不心疼我，也得照顧一下蓉蓉。」

這話說的也沒錯，這樣攙著兩個美女，走過去見另外一堆女孩也是很奇怪，於是問谷安：「那我們先去舞會？」

谷安望了望郭玉莎，遲疑了一下才說：「也好。」

「喂，谷安。」郭玉莎突然對谷安說：「你想和我跳舞嗎？」

谷安臉一紅，倒是老實地點點頭說：「想，不過我不會跳。」

「等等我教你。」郭玉莎一笑說：「要來找我們喔。」

「喔，好，一定，等我。」谷安連忙點頭。

郭玉莎拉著鄧山說：「走吧走吧，好冷喔。」

鄧山和柳語蓉對望一眼，都有點拿郭玉莎沒輒，只好跟著她往學校內移步。

走著走著，柳語蓉忍不住隔著鄧山說：「莎莎，妳剛幹嘛呀？谷安是山哥朋友，而且好像很老實，妳別亂來喔。」

「不管。」郭玉莎也是隔著鄧山探頭說：「你們兩個太甜蜜了，我吃醋，我也要找個帥哥男朋友，不過，那小子頭髮還得去造型一下……山哥，谷安真的很老實嗎？」

「他真的很單純，而且很多事情都不懂。」鄧山也有點憂心，從剛剛谷安的眼神中就知道他對郭玉莎頗有興趣，若是郭玉莎當真要挑逗他，只怕谷安沒有抵抗能力。

「好像很棒。」郭玉莎嘻嘻笑著，也不知到底打什麼主意。

柳語蓉雖然擔心，但中間隔著鄧山，也不好說得太深入，只能皺著眉煩惱。

到了學校在禮堂布置的舞會場地，這兒的人潮可比門口更多，整個會場黑壓壓的全是人頭，在閃動的光影和節奏下不斷晃動。此時放的是快節奏音樂，周圍低音喇叭轟隆隆地響個不停，郭玉莎和柳語蓉對於這種場合十分熟悉，兩人拉著鄧山擠到一個稍空的地方，開始扭動起腰肢，隨著音樂擺動著肢體。

鄧山反而不是很熟悉這種場合，只在一旁打拍子般地緩緩點著腳步，以免自己看來太不協調。

過不多久，逐漸跳出汗來的兩女，外套都到了鄧山手中，實在對快舞沒輒的鄧山，也靠到一旁的牆壁，遠遠看著兩人。她們一個穿著細肩帶背心，一個穿著半截小可愛，迷你裙下被絲襪包裹的細長美腿在五吋高跟鞋的襯托下更引人注目，兩人像兩條火辣的蛇一般，隨著音樂相對舞動著，吸引了許多人的視線。有些隨著女友來的男孩子，想看又不敢多看，但又忍不住偷瞧；另外還有不少男子跑到兩人身旁大跳特跳，想吸引她們的注意。不過，兩人應付這種場合也不是第一次了，要是有興趣與人勾搭，只要拋個媚眼笑笑，自然會有人搖著尾巴過來示好；如果沒興趣，兩人就相對而舞，當旁邊那些死命跳的傢伙都是死人。

今日柳語蓉改邪歸正，郭玉莎不吃窩邊草，是不拋媚眼的日子，直跳到快節奏的音樂一停轉慢的同時，兩人不等身旁男子們開口，同時一轉身，攜手向著鄧山那兒走了過去。

到了鄧山身邊，又是一左一右攙了上來。這一來，鄧山馬上感覺到周圍突然出現不少充滿怒氣的目光，他除了苦笑以外，也不知該說什麼。

「那單純小子呢？」郭玉莎四面望著。

「還沒看到。」鄧山也有一點擔心：「妳們會不會口渴？我去幫妳們買點飲料。」

「這兒又沒固定的位置，買了就不好跳了，先別買。」柳語蓉勸阻說。

「反正我不會跳，可以幫妳們拿著。」鄧山笑說。

郭玉莎沒看到谷安，有點沒勁地說：「現在是慢舞，你們兩個去跳吧。」

「莎莎和山哥先跳吧。」柳語蓉抿嘴笑說：「不然有人會怪我不夠朋友。」

「捨得嗎？」郭玉莎笑望著柳語蓉。

「其實我不大會跳舞。」鄧山連忙搖手說。

「幹嘛呀，不敢和我跳嗎？」郭玉莎哼了一聲，拉著鄧山離開牆邊說：「來，摟著我的腰……欸，不是兩手啦，你想幹嘛？當我是蓉蓉呀？她等等生氣我不管喔！放這邊、這邊……」

鄧山手忙腳亂了半天，才回憶起雙手該放哪兒，和郭玉莎隔著一小段距離，望著她姣好的臉孔，鄧山不禁有點感慨，若不是這樣美麗的女孩，也沒這麼容易尋找一夜情吧？但是也因爲她的美麗，使她忘了該更珍惜自己……

「想什麼呀？」郭玉莎有一雙挺媚的鳳眼，她瞟著鄧山說：「看著我發呆，可不是好現象。」

「我是在想，妳也很美。」鄧山苦笑說：「和語蓉在一起，讓人都不知道該看哪兒，彷彿少看了誰感覺都是損失。」

「蓉蓉還說你不會說話。」郭玉莎妙目一轉，一吐舌頭說：「要不是你是她老公，我今晚就不放過你。」

鄧山老臉一紅說：「妳說笑了。」

「嘻嘻。」雖然看起來是鄧山牽著郭玉莎，實際上卻是郭玉莎帶著兩人的舞步，她拉著鄧山手，讓自己往外轉了一個圈，跟著又往內轉到鄧山懷中，靠著鄧山說：「我不是開玩笑喔。」這才轉回正常的姿勢。

這話很難回答了，鄧山看了看柳語蓉那兒，此時正有一個年輕人向她邀舞被婉拒，鄧山不禁說：「如果我能擁有她，就已經很夠了。」

「好吧，算你有良心。」郭玉莎隨著舞步微微扭動，腰肢傳到鄧山掌心的觸感，是一種柔若無骨、充滿彈性的感受。

「我問你喔。」安靜不到一分鐘，郭玉莎又說：「如果啦，我說如果喔……如果你和我偷情，你會告訴蓉蓉嗎？」

「這種事情不會發生的。」鄧山尷尬地說。

「居然這樣說！如果我全力誘惑你也不行嗎？」郭玉莎噘起紅唇，佯怒說：「你敢說不行的話，我會翻臉喔。」

「那……可以饒了我，不要全力誘惑我嗎？」鄧山只好這樣說。

「這樣還差不多。」郭玉莎噗嗤一笑說：「算你聰明。」

「妳都沒有遇到喜歡的男孩子嗎？」鄧山有點吃不消，決定不等她開口，自己製造話題：

「讓妳……想定下來的？」

郭玉莎歪著頭想了想，斂起笑容說：「也不能說沒有。」

「那……」鄧山看她神色不對，不敢問得太直接，只說：「沒緣分嗎？」

郭玉莎停了片刻，終於搖搖頭說：「他沒你這種度量。」

原來是……鄧山一怔說：「妳自己告訴他的？」

「不是……但是世界看來很大，有時候又很小。」郭玉莎低聲說：「做過的事情，永遠會跟著自己，沒法假裝沒做過……你不在乎蓉蓉的過去，我很替她高興。」

「那男人氣量太小，是他配不上妳。」鄧山安慰說：「多珍惜自己，妳會遇到配得上妳的男人。」

「糟糕，你說話這麼溫柔，害我想哭了。」郭玉莎頭側靠著鄧山胸口說：「讓我靠一下，好不好？」

鄧山不由得偷看了牆邊的柳語蓉一眼，只見她眼中有點意外和疑惑，卻沒有怒氣，鄧山這才安心了點。和她對望了一眼，打個眼色，要她放心，柳語蓉點了點頭，似乎多了點擔憂的味道。

「抱著我。」郭玉莎本來搭在鄧山肩膀上的手，繞上他的脖子，軟綿綿的胸口就這麼貼上了鄧山的胸。

鄧山有點尷尬，卻又不忍心推開，只好輕輕攬著她腰，一面和聲說：「怎麼突然這麼難過呢？」

「爲什麼蓉蓉會遇到你，我卻沒這個運氣呢？」郭玉莎低聲說。

「我也害語蓉哭了好幾次了。」鄧山嘆氣說：「其實我很對不起她。」

「我偶爾可以找你聊聊嗎？」郭玉莎說。

「如果妳有問題需要我幫忙的話，當然可以啊。」鄧山說。

「如果是想和你說說心底話呢？想和你碰個面、吃個飯、看個電影呢？」郭玉莎眼睛抬起，瞅著鄧山說。

「妳這樣說，我會誤會的。」鄧山皺眉說。

「你沒誤會……我要求的也不多。」郭玉莎低聲說：「別告訴蓉蓉……不就好了？」

「不行。」鄧山放開了郭玉莎，退開一步說：「我不能這樣做。」

「眞的不行？」郭玉莎眼睛水汪汪的，彷彿要哭出來一般地說：「偶爾一次？」

「對不起。」鄧山搖搖頭說：「妳只是一時寂寞，我會當作沒聽過這些話。」

「好吧，算你過關。」郭玉莎突然噗嗤一笑，又牽起鄧山的手，恢復了一開始跳舞的姿勢。

鄧山一呆說：「什麼？」

「我和蓉蓉約好了，第一次和對方男友碰面，就要幫對方測試男友忠誠度。」郭玉莎笑說：「你拒絕我，是因爲對蓉蓉夠忠心，還是因爲我魅力不夠呀？」

「當然是因爲我夠忠心。」這種題目根本只能選前面一個答案，但鄧山也不禁有點生氣，皺眉說：「可是妳們魅力也很夠，這樣逗弄人太危險了，也太不厚道了。」更重要的是，現在柳語蓉可不是把自己當男友。

「謝謝山哥的稱讚，你大人不計小人過，就原諒我這一次吧。」郭玉莎笑容可掬地鞠了一個躬，反而害得鄧山不知道該不該說下去。

過了幾秒，鄧山嘆一口氣說：「其實妳也誤會了，我剛雖然對語蓉道歉，但是她拒絕跟我復合，所以我們……」

「噢？」郭玉莎吃了一驚說：「她在跟你開玩笑吧？」

「不是。」鄧山說。

「我等等去問她……唔，谷安來了耶。」郭玉莎突然一吐舌頭說：「拐這個外國帥哥比較重要，改天再問。」

鄧山跟著望去，果然見到柳語蓉正引著谷安往這兒來，四人一會合，很自然地交換了舞伴，鄧山和柳語蓉摟在一起，郭玉莎則帶著谷安越跳越遠，沒兩分鐘就不知道跳到哪兒去了。

鄧山和柳語蓉隨著音樂慢慢移動，一面輕聲說此無關緊要的話。說著說著，柳語蓉突然噗嗤一笑說：「剛剛莎莎在誘惑你嗎？」

這話鄧山可不敢貿然回答，故意眨眨眼說：「是嗎？」

「否則她走的時候，幹嘛偷偷跟我比個ＯＫ，然後又豎個大拇指？」柳語蓉笑說：「山哥還想賴，原來你也不老實。」

這兩個小女生花招真多，防不勝防，原來還會用手語溝通，鄧山苦笑說：「有些話，畢竟不好說。」

「我知道啦。」柳語蓉側著臉，輕貼著鄧山的胸，吐氣如蘭地說：「莎莎這麼漂亮，你也不動心，我很高興。」

她剛剛才說要先把自己當大哥，現在卻又這樣……到底是什麼意思呢？鄧山遲疑了一下：「語蓉……我……妳……」

「嗯？」柳語蓉說：「想說什麼？」

「妳……想搬來和我一起住嗎？」鄧山說。

柳語蓉臉龐整片紅了起來，低頭埋在鄧山胸前，停了片刻才說：「這是大哥該對小妹說的話嗎？」

「語蓉，我眞的不懂妳。」鄧山苦笑說。

柳語蓉沒回答這句話，仰起頭，突然抿抿嘴輕笑說：「以前我不管怎麼誘惑你，你不是都沒反應的嗎？」

「有嗎？」鄧山訝然。

「你那時根本沒把我放在心裡。」柳語蓉噘嘴說：「老當我是長不大的小妹妹。」

「也許因爲……」鄧山嘆口氣，苦笑說：「我要是不把妳當小妹妹，就沒法不愛上妳吧。」

柳語蓉臉泛紅潮望著鄧山，突然咬著唇低聲說：「山哥你……你好過分。」

「怎麼了？」鄧山吃了一驚，連忙摟緊柳語蓉說：「我說錯了什麼？」

「你明知我想保持距離，卻又一直說讓我動情的話……」柳語蓉回摟著鄧山，在他耳畔低聲呢喃說：「這樣……人家會……好想要你。」

「語蓉……」鄧山已經有點錯亂，不知道應該更摟緊她一點，還是把她放開？

還好柳語蓉沒多久就恢復了平靜，她將鄧山稍微推開，繼續隨著音樂慢慢舞動，一面白了鄧山一眼說：「山哥，你不准再這樣了。」

「妳剛不是要我多疼妳一點？」鄧山苦笑說。

「對啊。」柳語蓉故意板著臉說：「可是不准誘惑我。」

鄧山忍不住抓了抓頭說：「明明是妳自己……」

「住口！」柳語蓉咬著唇忍笑說：「不准說。」

鄧山傻笑片刻，轉過話題說：「下次妳回台北，我送妳回去吧？好久沒拜會伯母了。」

柳家也是個單親家庭，父親在她們姊妹還小的時候就已經過世，只留下一個台北萬華的小麵攤。柳語蓉母親靠著她們父親傳授的祕訣湯頭，加上會做生意，不只把兩個女兒拉拔長大，生意還越做越旺，除了萬華本店把左右店鋪買下來打通，還在桃園、新竹等地，總共開了四家分店。雖然不算什麼大企業，也頗有規模，到萬華提起柳記麵館，知道的人可不少。

柳語蓉聽到鄧山這句話，遲疑了片刻才說：「好啊。」

「怎麼了？」鄧山沒想到柳語蓉反應這麼冷淡。

「山哥，你知道嗎……爲什麼我明明這麼喜歡你，卻只要你當我大哥？」柳語蓉突然說。

「我不知道。」鄧山老實地說。

「你很疼我、寵我，我知道。」柳語蓉說：「但是你眞的不愛我。」

「我……我覺得……我應該是愛妳的啊。」鄧山說。

「你如果愛我，就不會在遇到我的時候，才說那番話了……」柳語蓉說：「你沒見到我的時候，根本就沒想到我，不是嗎？」

這話鄧山可眞的無法辯駁，自己似乎眞的一忙別的事情就把她忘了，原來自己只有在看到她的時候，才想到她的需要？

「我很高興你疼惜我的每一刻，都讓我有幸福的感覺。」柳語蓉說：「我也很捨不得失去這種感覺，但是……終究是不行的，所以，你要幫我克制這份感情，好不好？別再讓我更喜歡你了……」

「對不起。」鄧山一怔，苦笑說：「我以前因爲想太多，產生了不少苦惱，此時寧願什麼都不想，想到什麼就說什麼……沒想到又錯了。」

柳語蓉一笑說：「這幾個月以來，我總覺得我越來越不了解你。」

「我自從去上班以後，瞞著妳很多事情。」鄧山說：「有時間的話，我通通告訴妳好了。」

柳語蓉頗有點訝異，之前每次問鄧山公司的事情，鄧山都想盡辦法混過去，沒想到這次居然主動想說……良久，柳語蓉才低聲說：「山哥，你什麼時候要告訴我？」

「隨時都可以啊，妳有空就可以。」鄧山呵呵笑說：「現在開始也行。」

「別的也罷了。」柳語蓉說：「可以告訴我若青姊的事情嗎？」

「妳想知道若青的事？」鄧山有點意外。

柳語蓉點了點頭，又說：「除非你不想說，那就不勉強……」

鄧山想起余若青離去時的那一眼，仍是黯然神傷、爲之心碎，這份感覺，也許不管過多久都不會忘懷……鄧山怔忡片刻，這才緩緩地說：「也沒什麼不能說的，不過整件事情，還是要從頭開始說起……」

從音樂又轉快的時候，鄧山與柳語蓉就走到某個樂聲較小、燈光陰暗的牆角，靠著牆，輕靠著低語。鄧山花了接近兩個小時的時間，簡單說出自己這段時間來去另一個世界的事情，當然也提到自己和余若青感情的變化；不過，爲了顧及柳語蓉的感受，鄧山並沒說清楚金大的事，反正柳語蓉有興趣的部分並非習武和戰鬥，不說出金大的事情，倒也不影響故事的發展。

柳語蓉乍聽之下，自然不敢相信，但是在她的認知裡，鄧山不是會編織這種謊言的人，加上有個活證人谷安可以詢問，她不由得有七、八分相信。當她聽到自己和鄧山差點當眞纏綿的那一夜，余若青就在屋外偷聽，整張臉不由得紅了起來，忍不住暗罵了好幾句。

隨著鄧山慢慢地說著故事，柳語蓉卻也漸漸體諒了余若青，直到鄧山說到最後，聽到余若青那張字條的內容，柳語蓉的眼淚不由得泛了出來，撲在鄧山懷裡輕聲地啜泣。

「就是這樣。」鄧山說：「我那時不知道該怎麼面對妳，所以剛回來的一個月，都在處理公司的事情，躲避著不敢去見妳。」

「嗯……我明白。」柳語蓉慢慢止住淚水，嘆息說：「余姊姊好傻，她爲什麼要顧忌我？」

「她剛認識的時候看來很冷漠，其實心腸很軟。」鄧山說。

「山哥，你一定很喜歡她喔？」柳語蓉仰起頭說：「比喜歡我多嗎？」

「不是這麼說。」鄧山輕撫著柳語蓉柔美的臉龐，煩惱地說：「但是我看著她難過，就無法忍受那股心疼的感覺，那時我在她身邊，所以……但是今天看到妳難過，我也一樣心痛，爲了不要讓妳難過，我也願意做任何事情。」

「那你以後得練習狠心一點。」柳語蓉苦笑說。

「妳眞這樣希望嗎？」鄧山無奈地說。

柳語蓉眉頭皺了起來，推開鄧山，有些生氣地說：「我不知道。」

鄧山嘆了一口氣，想讓氣氛輕鬆一點，換個話題說：「妳當初怎麼以爲我是同性戀的？」

說到這一點，柳語蓉果然輕笑起來，她搖搖頭說：「你回來一陣子之後，我們班上小蝶在文中路看到你，她知道你，然後就問我……」

「然後呢？」鄧山說。「我後來去問你們公司樓下的管理員。」柳語蓉眼睛一轉，吐吐舌頭說：「你和谷安是那個……是他說的。」

「怎會這樣，我和谷安從沒有什麼親暱的動作呀。」鄧山苦笑說。

「我本也不大確定。」柳語蓉低下頭說：「但你又一直不來找我……」

「對不起，我不該逃避的。」鄧山又心疼了。

「我不怪你。」柳語蓉說：「如果你在那種狀況下，還馬上來找我，我知道事實之後，大概會看不起你吧……而且……」

「怎麼？」鄧山說。

「若非如此。」柳語蓉靠著牆壁低聲說：「我也沒有足夠的時間，釐清自己的思緒。」

看來她是真的不想和自己在一起了，既然這樣，也無須強求，只希望她能早點從這份感傷中走出來。至於自己呢？自己有沒有感傷呢？鄧山嘆了一口氣，也搞不清楚自己心裡想要的是什麼。

「如果還能見到若青姊姊，你會怎麼做？」柳語蓉突然說。

「再也碰不到了。」鄧山說：「平行世界有無限多個，兩方的周波聯繫一斷，不可能……」

「我只是說如果嘛。」柳語蓉說：「如果再見到她，你會和她在一起嗎？如果這樣的話，你怎能和我在一起？」

「妳問得我頭好暈。」鄧山搖頭說：「我也不知道我該怎麼做才對了。」

「隨你自己高興吧。」柳語蓉隨著音樂轉了個圈，又靠到鄧山身旁的牆壁，牽著鄧山左手說：「愛情沒有標準答案，若是難免對不起人，也只好對不起了，不要一直去想比較好。」

「那妳……」鄧山想了想，還是閉上了嘴，苦笑說：「算了，沒事。」

「山哥，你是不是想問我……既然我這麼說，爲什麼不乾脆先和你在一起，以後的事情以後再說？」柳語蓉眨眨眼睛問。

鄧山嘆了一口氣說：「妳怎麼這麼聰明？」

柳語蓉斂起笑容，緩緩說：「因爲我知道你終究會離我而去，愛得越深，到時候我會越痛苦，我不想再這麼難過了，你已經甩過我好幾次了。」

鄧山難過地垂下頭，今晚也不知道說了幾次對不起，再說眞的也沒什麼意義了，傷害已經造成，只好在能彌補的地方盡量彌補一下……

兩人正沉默的時候，柳語蓉突然一怔說：「我有電話。」一面從小提包中，取出那正不斷震動的手機。柳語蓉一看螢幕，笑著說：「是莎莎，她一定是在找我們。」

「啊。」鄧山想起谷安，不禁拍著自己腦袋說：「她帶著谷安跑到哪兒去了……」

柳語蓉一面打開手機，一面忍不住笑說：「我可不敢保證……莎莎？」

「保證什麼？」郭玉莎的聲音傳出：「賢伉儷快樂嗎？」

柳語蓉俏臉微紅地說：「就跟妳說我和山哥不是……妳這小蕩婦，把谷安吃了嗎？」

「這種大餐不能隨便糟蹋。」莎莎哈哈大笑，一面彷彿對旁邊說：「谷安，你說對不對。」倒是聽不到谷安的回答。

「妳想幹嘛呀？」柳語蓉心中微微一驚，壓低聲音說：「妳不是說今晚要安份嗎？谷安是山哥朋友，妳別……」

「蓉蓉，我不是在開玩笑，我眞的挺喜歡他的。」郭玉莎說：「他好傻喔，什麼都不知道，好好玩。」

「那妳……」

「我準備帶他回家啦，妳跟老公回去沒問題吧？」郭玉莎說。

「什麼？」柳語蓉吃了一驚說：「妳不是從不帶男人回去的嗎？」

「所以，這時候就該祝福我啦。」郭玉莎說：「而且，他根本不知道汽車旅館是什麼耶？

好好笑喔，難道要我教他怎麼開房間？這樣好奇怪。」

柳語蓉陡然想起，鄧山說過可以聽到很小的聲音，柳語蓉望向鄧山，見他果然是有點古怪的表情，柳語蓉又氣又急地說：「妳眞的……眞要這樣？」

「哎呀，妳好會擔心，我知道啦，妳怕老公生氣對不對。」郭玉莎笑嘻嘻地說：「妳把電話給山哥，我讓谷安跟他說。」

柳語蓉沒辦法，只好把電話遞過，鄧山接到手中，果然聽到傳來谷安的聲音：「鄧大哥？鄧大哥？」

「谷安，你還好嗎？」鄧山問。

「我很好啊，我可以跟她去嗎？」谷安好像也挺高興的，呵呵笑著說：「莎莎說要拿很多東西給我看。」

「什麼東西？」鄧山大感不妙。

「祕密！嘻嘻。」郭玉莎的聲音突然出現。

「對呀，她不肯跟我說。」谷安也笑著說。

這一聽就知道兩人根本就黏在一起，才會聲音都聽這麼清楚，鄧山也不知道自己該說什麼……谷安雖然知道的事情不多，但畢竟是成年人，也不該限制他的行動，至於感情這種東西，自己都修不及格了，也沒什麼資格給建議。鄧山呆了呆才說：「你真的想去的話，就去吧。」

「喔，那好啊。」谷安說：「那我晚點才回去。」

「嗯。」鄧山說：「這世界你還很多不知道的，一切小心點。」

「好。」谷安還沒說完，郭玉莎又叫了：「山哥，我還要和蓉蓉說話。」

鄧山只好把電話遞給柳語蓉，只聽郭玉莎壓低聲音說：「蓉蓉，妳跟老公回去啦，去他房間檢查一下，才知道他到底是不是同性戀。」

柳語蓉知道鄧山聽得到這句話，不由得臉紅起來，憤憤地說：「妳……妳今晚腰一定會閃到。」

「哎呀，好惡毒的女人。」郭玉莎嘻嘻笑說：「好啦，再見啦，愛妳唷。」

「去死吧。」柳語蓉掛上了電話，回頭看著鄧山，也不知道該氣還是該笑。

「要去我那兒，檢查一下我是不是同性戀嗎？」鄧山好笑地說。

柳語蓉本已有些尷尬，鄧山這麼一說，她俏臉泛紅，別開目光低聲說：「怎麼檢查？」

鄧山才發現，剛剛自己那句話頗有性暗示的意味，而這正是柳語蓉一直告誡，現在該避免的事情，兩人各懷心思，沉默了好片刻。鄧山終於嘆了一口氣說：「既然這樣，等妳不想跳以後，我送妳回家吧？」

舞會雖然正熱鬧，但柳語蓉心中卻少了那份歡樂的感受，她搖搖頭說：「現在就回去吧。」

「嗯。」鄧山握著柳語蓉的小手，穿過人群，往禮堂的大門口走去。

兩人擠出人潮，到了校門口，那兒依然是人山人海，只不過一直人來人往，也不知道換過多少批人。鄧山和柳語蓉走出人群，向著鄧山停車的地方走去，一直到上了車子，兩人都沒說話。

鄧山發動了車子，駛入移動不算快速的車流之中，過了片刻，鄧山望著前面的路口，忍不住又說：「眞的不去？」

柳語蓉卻低下頭望著下方，閉著嘴，也不點頭也不搖頭，彷彿沒聽到一般。

「對不起，我不該問的。」鄧山在路口一轉方向，向著柳語蓉的公寓駛去。

又開了一段距離，鄧山放在排檔桿上的手，突然被柳語蓉的小手覆蓋著，柳語蓉正低聲說：「山哥，謝謝你。」

「謝什麼？」鄧山說。

「謝謝你……送我回家。」柳語蓉說。

如果剛剛自己硬是轉向往文中路，柳語蓉恐怕也不會反對？鄧山不禁有點莫名的荒謬感，嘆息說：「妳這樣下去，我根本不能和妳見面了。」

「山哥？」柳語蓉帶著一抹愁容，抬頭望著鄧山。

「等等妳是不是要再謝謝我，不進去妳的房間？」鄧山苦笑說。

柳語蓉兩手掩面，低泣說：「你別這樣，我也很難過啊，難道我不想嗎？」

「如果我硬來呢？」鄧山苦笑問。

柳語蓉低下頭拭淚，沒有回答。

鄧山等了片刻，嘆了一口氣說：「我明白了，短期內，會盡量不打擾妳的生活。」

「山哥……」柳語蓉遲疑了片刻，終於說：「對不起。」

這一聲對不起，終於讓鄧山的心冷卻下來，她既然也一直在要與不要之間掙扎，何苦爲難她？

到了柳語蓉居住的巷口，鄧山也不找停車位了，就這麼路旁停下。兩人對望著，柳語蓉欲言又止的時候，鄧山先一步說：「後天是妳生日……妳準備怎麼過呢？」

「山哥還記得？」柳語蓉強笑說：「還不就這樣隨便過，叫莎莎陪我去吃個大餐吧。」

「現在我不適合陪著妳，所以我就不來了。」鄧山也擠出笑容說：「妳想要什麼生日禮物？」

「不用了。」柳語蓉搖搖頭說。

「那我就隨便送囉。」鄧山說：「萬一不喜歡，可不能怪我。」

「送我一個吻吧。」柳語蓉一笑說：「我可以提早領嗎？」

「語蓉？」鄧山一愣，柳語蓉已經湊了過來，輕輕地點了點鄧山的唇。

這樣蜻蜓點水般的吻，速度自然很快，四片唇才剛一接觸，柳語蓉便快速地退開，淺淺一笑說：「這樣就夠了，其他什麼都不用，山哥，再見了。」

「再……再見。」鄧山望著柳語蓉走出車外，不禁摸了摸自己的唇，剛剛那是個怎麼樣的吻？爲什麼一點都感覺不到甜蜜，只從心底湧出一股酸澀的心傷？

異世遊

我能不能追求蓉蓉？

當晚，谷安果然沒回家，鄧山自己心情在翻騰，也沒心情擔心谷安。說到底，谷安頂多是被郭玉莎拐上床，也沒什麼好損失的，不過有機會的話，倒是要和他好好談一下，免得他對性愛的態度受到不好的影響。

到了第二天中午，谷安才回家，神色頗有點古怪，鄧山也不好問他，和郭玉莎之間有沒有發生什麼事情。

經過這一夜，倒是讓鄧山想起谷安一直沒有行動電話，於是確定谷安一切無恙之後，鄧山便帶著谷安去選了一支行動電話，還教會他使用方法。不過這段過程中，谷安倒是都有點神思不屬的，不知道在想著什麼，鄧山幾次想問，又不知該如何問起，想起自己煩惱事情更多，而且谷安又是那種悶不住的個性，若是眞有事情想問，自然會來找自己，倒也不用太過擔心。

又過了一日，到了柳語蓉生日當天，鄧山思索了半天，想不出該不該送柳語蓉生日禮物，如果要送，又該送什麼比較恰到好處？對鄧山來說，金錢已經不是最重要的問題，卻怕送出太貴重的東西，反而造成柳語蓉的困擾，最後鄧山還是手寫了一張生日卡片，再去花店選了一束花，請花店連卡片一起送去。

到了晚上，鄧山在金大催促下，終於提起勁演練棍法，這兩日鄧山心緒紛亂，大多只是運氣寧心，頗有點懶得拿起長棍蹦蹦跳跳。

沒想到練沒幾分鐘，谷安卻突然敲門闖入說：「鄧大哥，我有事情想問你。」

「這小子兩天不問，這時候卻跑出來？」金大好不容易才讓鄧山練功，見谷安來打擾，忍不住嚷嚷說：「趕他出去！」

鄧山暗暗好笑，卻也不說破，只對谷安笑說：「你想問什麼？」

「莎莎跟我說，鄧大哥和蓉蓉分手了？」谷安說。

這小子「蓉蓉」兩個字倒是叫得挺順口……鄧山皺起眉頭說：「問這個幹嘛？」

「我……想知道，鄧大哥還會不會繼續努力。」谷安說。

「莎莎要你問的嗎？」鄧山嘆口氣說。

「不是，是我自己想問的。」谷安說。

「其實我也不大清楚……」鄧山說：「不過短時間內，我該不會去找她吧。」

「喔……」谷安點頭說：「就是還有可能囉。」

「你到底問這幹嘛？」鄧山問。

「我想知道……我能不能追求蓉蓉？」谷安呵呵一笑說：「既然鄧大哥還有可能追她，那我就不要去找她好了。」

谷安想追求語蓉？這可真讓鄧山大吃一驚，鄧山訝然說：「你不是……你不是那天和莎莎回家嗎？」

「對呀。」谷安點頭說。

「你們兩個……」鄧山一時還不知該怎麼措辭，想了想才說：「合不來嗎？」

「不會啊，我們聊得很開心，一直聊到她睡著。」谷安說。

「那……你怎麼沒考慮追求莎莎？」鄧山說。

「唔……」谷安歪過頭說：「感覺不對。」

「感覺不對？」鄧山頗迷惑。

「嗯。」谷安說：「莎莎很好相處，我們也聊了很多，但是沒有心動的感覺。」

鄧山說：「難道你對語蓉有心動的感覺嗎？」

「要相處過才知道啦。」谷安呵呵笑說：「不過既然鄧大哥喜歡她，那就算了。」

如果谷安和語蓉在一起……？鄧山想著這種可能性，心中不由得微微一痛。他上下望了望谷安，卻又不禁想，谷安個性和善率直、待人誠懇，雖然對這個世界還不怎麼了解，但他有強烈的求知慾望，吸收速度又快，一段時間以後，應該生活上也沒什麼問題，簡直沒有什麼可以挑剔的，如果他當眞愛上語蓉，該會好好珍惜她吧？

「谷安……」鄧山停了停才說：「你有和莎莎上床嗎？」

「上床？」谷安似乎一時之間不明白這句話的意思。

神國不是用這種方式形容嗎？鄧山抓抓頭說：「就是夫妻會做的事……」

「夫妻會做什麼事情？」谷安呆了呆說：「應該沒有吧。」

「沒有嗎？」鄧山呆了呆才說：「那莎莎沒有對你……沒有什麼表示嗎……？」

「表示？」谷安呆了片刻，才恍然大悟地說：「啊，莫非鄧大哥是說……她是有些動作啦，不過因爲我沒什麼回應，她先是有點生氣，但是過了一會兒又好了，應該沒事。」

這小子是柳下惠嗎？爲什麼沒回應？舞會時，那艷光照人的莎莎展開誘惑的時候，自己可是差點承受不住……鄧山雖然有許多的事情想問，但千頭萬緒，一時也說不清楚，只好嘆了一口氣，直接說：「這樣說吧，如果你眞能好好疼愛語蓉的話，我不反對你追求她。」

「鄧大哥？」谷安吃了一驚。

「她就像我最愛護的妹妹一樣。」鄧山難得板起臉，正色說：「你絕不能抱著玩笑的心態去和她接近。一定要很認眞對她，如果你惹她傷心，我可眞的不會放過你！」

谷安沒被鄧山的表情和語氣嚇到，只露出爽朗的笑容，一字一句地說：「我對愛情，一直都是很認眞的。」

如果眞的這樣，倒也沒什麼不好的，谷安個性比自己單純，又似乎有柳下惠的不花心天份，這樣一個男孩子和語蓉交往，也不算壞事……至於語蓉的過去……鄧山看著谷安的笑容，稍微心安了一些，谷安不是個小氣的人，應該不會在乎那些事情；而且，這畢竟是語蓉自己該去面對的問題，可不能越俎代庖，干涉太多……鄧山想到這兒，終於嘆口氣說：「那麼就這樣吧，你希望我幫你什麼？」

要是谷安想要語蓉的電話，這可有點困擾，要給人電話當然得先問一下語蓉，但是如果自己為這種事情打電話給語蓉，不知道她會不會生氣……

「不用了。」谷安呵呵笑說：「我只想知道鄧大哥和她的關係，知道不用顧忌就夠了。」

「連電話之類的也不用嗎？」鄧山訝異地問。

「知道學校和科系，還找不到人的話，那是我自己沒誠意。」谷安笑嘻嘻地說：「而且由鄧大哥給我電話，似乎也不大妥當，不是嗎？」

「你能這樣想就很好。」鄧山拍拍谷安的肩膀說：「如果你們兩個兩情相悅，我會真心祝福你們。」

「謝謝啦。」谷安目光帶著期待地說：「還得聊聊看才知道，希望能快點和她碰到面。」

「加油。」鄧山揮手說：「沒事的話，我繼續練功夫。」

谷安正要點頭告辭的時候，鄧山放在一旁的行動電話突然響了起來，谷安兩眼一亮，有點高興地望著鄧山。不會這麼巧吧？鄧山呆了呆，拿起電話，卻見來電的居然正好是柳語蓉。算這小子運氣嗎？自己該幫他說一說嗎？鄧山看了看谷安，雖然還拿不定主意，仍接起電話說：「語蓉？」

「山哥！」傳來的雖是女子聲音，卻不是語蓉，那個有點興奮的聲音正嚷嚷說：「蓉蓉生日，你居然敢缺席？」

「啊……」鄧山怔了怔才說：「莎莎……妳在幫語蓉慶生嗎？幫我跟她說生日快樂。」

「我才不幫你這負心……」莎莎的聲音突然中斷了，隔了兩秒，卻傳來柳語蓉的聲音：「山哥，對不起，莎莎有點醉了，她不聽我勸，硬要打這電話。」

「沒關係，妳們出去吃飯嗎？」鄧山說：「回家了沒？」

「嗯，回家了。」柳語蓉聲音頗平穩，淡淡地說：「我收到花和卡片了，山哥，謝謝你喔。」

「不會。」鄧山嘆了一口氣，就算想故意裝成沒事，兩人間的距離感還是慢慢出現，也許日後慢慢連碰面的機會都會消失……

望著滿臉期待、直盯著自己的谷安，鄧山心中微微一動，正考慮要不要幫谷安牽個線的時候，突然聽到電話那端，柳語蓉又說：「山哥，有件事情……上次那個谷安……」

鄧山一陣意外，訝異地說：「怎麼了？」

柳語蓉似乎有點遲疑，頓了頓才說：「莎莎一定要我說，可是……」

「我來說。」莎莎又把電話搶了過去，帶著點醉意說：「山哥呀，我告訴你喔，谷安一定是同性戀啦。」

「呃……」鄧山一呆，只聽莎莎接著說：「我可是親身測試過的喔，山哥，你要是沒那種興趣的話，快點離他遠一點，以測安全！」

「莎莎！」似乎是柳語蓉的叫聲，跟著果然電話又回到了柳語蓉手中，只聽她說：「山哥，莎莎說話隨便慣了，你別介意，她只是覺得……谷安似乎對女孩子……沒興趣……所以……這個……」

電話中的每一句，身在不遠處的谷安自然是聽得一清二楚，至於同性戀的含意，谷安似乎也已經弄清楚了。

鄧山看著谷安尷尬的表情，不禁有點想笑，想了想，鄧山對柳語蓉說：「我讓谷安直接跟妳解釋好了。」

「什麼？」柳語蓉萬萬沒想到鄧山會冒出這句話，她驚呼一聲說：「谷安在旁邊嗎？糟糕了。」

「有什麼糟糕？」鄧山隱隱聽到莎莎隔著一段距離說：「他敢說他不是同性戀？老娘只差沒脫衣服，那小子……」

「莎莎，妳小聲點啦。」柳語蓉知道鄧山和谷安都是耳力過人的人物，不禁又羞又氣。

「語蓉。」鄧山苦笑說：「我把電話先給谷安，他也想跟妳說生日快樂，順便讓他自己解釋這件事情。」

「喔……好。」柳語蓉雖然在語氣中故意帶著一點冷漠，但當眞感覺到鄧山不想多說時，仍不由得有點黯然，至於谷安是不是同性戀，她其實也沒怎麼在乎。

將電話遞給谷安的鄧山，心中其實也頗有不是滋味的感覺，但是既然柳語蓉拒絕了自己，當然希望能有其他的男人給她幸福，如果她和谷安剛好投緣，畢竟是不錯的選擇，自己怎樣也不能在其中妨礙……

見接過手機的谷安，一時似乎還沒能反應過來，鄧山擠出笑容，把谷安推出門外，一面低聲說：「慢慢跟她說。」

掩上房門之後，鄧山重新拿起那從異世帶回的玩具——銀色長棍，他望著長棍好片刻，終於長嘆了一口氣。就在這一瞬間，棍花迅速翻飛，房中偌大空間棍影飛灑，異嘯大作，鄧山將自己全部的心思、精力都凝注在棍法之上，也許……也許這樣一來，那藏在心底的鬱悶，會像那不斷往外飛甩的內息一般，逐漸地飄飛淡薄、消散無蹤。

□

左右無事，半個月很快過去了，谷安的同性戀疑雲獲得澄清之後，和柳語蓉約會了數次，據說柳語蓉並不排斥谷安，至於進展到了什麼程度，谷安沒說，鄧山也不好意思詢問。只聽說莎莎知道谷安不是同性戀之後，曾發過好大一場脾氣，也不知道現在氣消了沒。

而鄧山的這半個月時間，除了練棍還是練棍，此時他已經不是爲熟練而練，只是半習慣性地，藉著迅速、流暢的揮動棍法，讓自己思緒沉澱。畢竟此時已經沒有什麼其他的事情需要處理，一時之間，又提不起勁出門玩找工作的遊戲，只好整天揮著長棍打發時間。

到了後來七、八日，看不下去的金大挺身而出，凝出人形和鄧山過招，那會變型的玩具武器，反而變成金大的專用武器。畢竟金大會的武器招式多，和鄧山過招時，劍、刀、棍、鞭各種招式都能練習，而鄧山則從頭到尾拿著花靈棍應付，一個星期下來，鄧山越來越是熟稔，金大不管怎麼使用怪招，都很少佔到便宜。

到了今日中午，金大和鄧山搏鬥了兩個小時之後，金大突然一面躍開，一面喊：「停。」

鄧山微微一呆，收了棍勢說：「怎麼了？」

「不用打了，不用練了。」金大扔了那玩具武器，縮回鄧山身上。這還是第一次聽到金大叫自己不要練功。

鄧山忍不住好笑說：「難道你想到新的功夫要我練嗎？」

「不是。」金大說：「你已經夠熟了，再練也沒用了。」

「唔。」鄧山微微一愣說：「這樣嗎？那……之後只需要運氣練功嗎？這不是靠你就好了？」

「不是。」金大說：「練氣固然重要，但在招式上，你現在需要的不是一直演練熟悉的招數了，你需要動腦筋，或是說……需要啓發和靈感。」

「那是什麼意思？」鄧山聽不懂。

「該怎麼說……這樣說吧。你現在看到招式，基本上已經不大需要思索就能找出適合的招式應對，要輸已經很難了，對吧！」金大說：「但是面對高手的話，要贏卻還不夠，比如說，你就還沒能贏過我。」

「怎麼可能贏過你？」鄧山張大口說：「你可是千年老妖怪。」

「才幾百年啦！什麼老妖怪！這不是重點！」金大哼聲說：「重點是，你的攻勢沒能連成一串，找出自己最適合的脈絡。面對敵人攻擊時有許多的應對方式，最差的是單純地防禦，再好一點的就是連消代打、守中帶攻，打斷對方的攻勢，你現在已經勉強算是到了這個程度……」

這樣還不夠嗎？鄧山疑惑地說：「那更上一層樓是怎樣呢？」

金大接口說：「當對方也是高手的時候，當然也是攻守兼備的反擊，這樣來來去去就沒完沒了，想贏過這種人，每招必須連貫，並配合著自然的道理和氣勢，到最後就有機會使對方不得不產生破綻。」

鄧山呆了片刻才說：「聽起來有點玄……這樣該怎麼做？」

「比如我和你過招。」金大說：「你不覺得都是我掌握主動權嗎？雖然越來越贏不了你。」

鄧山想了想，點頭說：「好像有點這種感覺，你的攻勢都是一波波的，而我的每一招似乎是分開的……唔，是不是有點像下棋，要預先想好自己和對方的下法，然後預先佈局？把每招連起來？」

「大概就是這樣。」金大似乎終於鬆了一口氣地說：「你懂了就好，慢慢想吧。」

「我還是不懂啦。」鄧山忙說：「就算說要佈局，又該怎麼佈局？」

問題是，金大向來不怎麼有耐性慢慢解釋，剛剛已經算是少見的費心思了，此時他只說：「慢慢想就會想通了，反正花靈棍法有兩千零四十八變，你不缺招式，就看你怎麼串起來。」

金大要是不肯說，鄧山也拿他沒輒，只好苦笑了笑說：「總之，我現在不用練功就是了？」

金大說：「嗯，你可以去看看山光水景、飛蟲走獸，雖然我不大清楚那有什麼幫助，不過之前他們遇到這個階段，似乎都是這樣度過的，然後就突然靈機一動，就想通了。」

「出去走走倒也不錯……」

自己一直待在屋子裡，雖然不怕悶出病來，卻也頗浪費生命。不過，孤伶伶一個人出遊卻頗有點悽涼的感覺。至於谷安……他現在忙著和柳語蓉約會，也沒空和自己一起出去吧……

「找他們一起去啊。」金大插口說：「你可以找莎莎陪你，剛好兩對。」

這可是鄧山從沒想過的配對模式，他不禁失笑說：「別胡扯了。」

「其實也不錯啊。」金大說：「你看到莎莎女孩的時候，心情也很好。」

「那只是欣賞漂亮女孩的時候，自然產生的愉快感覺，和感情無關……而且莎莎和語蓉都是學生，怎麼出門玩？」鄧山一面和金大有一搭沒一搭地聊天，一面收起銀色玩具，跟著把花靈棍的水氣排出放到一旁。反正照金大所說，現在棍法沒什麼好練了，可以暫時先縮起來。

收妥之後，鄧山去浴室沖了個澡，換上一套乾淨的衣服，一面對金大說：「如果說要看山看水的話……其實可以回南投一趟，也沒帶你去過……不過，不知道老爸氣消了沒。」

鄧山父親那時收到柳語蓉寄過去的信和鎖匙，自然是一頭霧水，後來和鄧山取得聯繫後一問，知道了來龍去脈，當下把鄧山狠狠地數落了一頓；鄧山自知有錯，也只好乖乖挨罵，現在正是想起此事。

「南投好玩嗎？」金大頓了頓又說：「你老爸好兇，別回去比較好。」

「呵呵，可能還會罵幾句吧，不過，不會氣這麼久吧……過年之後，差不多可以把老爸接過來台中住了……」鄧山之前一直擔心自己身邊還會發生其他意外，不敢去南投接父親，不過，既然天選中心那方面的人不來找自己麻煩，看來看去，自己除了感情問題處理得亂七八糟之外，倒是該沒有別的問題，也許該讓大哥夫妻輕鬆一下……

「過年？過什麼年？新年不是剛過？」金大不明白鄧山的意思。

「喔，你不知道農曆新年。」鄧山說：「我們這兒有兩種曆法，一種是西曆，就是比較類似你那個世界，四年一閏日的曆法；還有一種東方以前傳下來的，就是農曆，是閏月的……農曆年對台灣人來說，是一個很大的節日，一家人都會團圓在一起……啊，那語蓉她應該放寒假了？」

說著說著，鄧山才突然想起此事，心中不由得微微一緊。難怪谷安前幾天老是不見人影，語蓉既然放假了，兩人約會的時間自然變多了，看起來他們進行得挺順利的……

「別捨不得了啦，就算不是谷安，那小女孩總也會找到對象，不會一直等著你啦。」金大沒好氣地說。

「我……我才沒有這個意思。」鄧山有三分惱羞成怒，啐了一聲說：「不是要我多看看山光水色嗎？我去看旅遊頻道，看會不會開悟。」一面往外走。

這兒只有客廳和谷安房間有放電視，鄧山房間雖然大，他和金大卻常常拿著棍到處亂揮，所以只放了很必要的家具，其他生活物件並不多。

走到客廳的沙發那兒，鄧山打開電視，隨手亂轉，正尋找著想看的頻道時，只聽身後門聲響動，谷安從房中鑽出，一面高興地嚷嚷說：「鄧大哥！你不練功了？」

谷安沒出去約會？鄧山心中隱隱有三分安慰，但一面又對產生這種心情的自己感到厭惡，他皺了皺眉暗罵自己兩句，苦笑說：「暫時不練了。」

「鄧大哥，你看六十六台。」谷安一面說：「好厲害，好厲害的新能源，和我們的神能有點像。」

不是開玩笑吧？鄧山微微吃了一驚，一面選台一面問：「像神能？怎麼可能？」

這似乎是經濟新聞之類的電台，此時播報員正說到：「……對這種比所有能源都便宜的新能源來源，依然是北京遁能企業的最高機密，發言人表示，這種新能源的取得和儲存技術已漸漸穩定，各相關技術產業也同步研發當中。據說西歐某汽車大廠已和遁能企業簽約，研發新能源專用的引擎，估計兩年內就會上市。發言人並發下豪語，十年內將提供地球兩成以上的能源供應，四十年內將超過五成，預計遁能企業股票在中國上市的時候，將會掀起……」

這公司在北京？是中國大陸那兒研發出來的？眞不簡單呢，如果這企業的科技是被中國政府掌握著的話，那麼下個世紀的世界警察恐怕要換人當了。

鄧山一面聽，一面胡思亂想時，這新聞已經到了尾聲，播報員很快地換了下一個新聞接著播報。

鄧山轉過頭望向谷安，只見谷安雙目放光地說：「聽說那新能源儲存容易，儲存和使用過程中無謂的熱消耗極少，而且完全沒有廢棄物產生……是不是很像神能？」

其實，鄧山也不大清楚神能在人體以外的運用模式，此時聽到可是大吃一驚，神能除了可以儲存人體運出使用之外，也能儲存運用，這已經讓鄧山十分意外，更沒想到在自己這個世界，居然也有這樣的能源出現？難道這世界也冒出神了？這可是大麻煩……自己的世界若變成神國那種模樣……

想到這兒，鄧山忙說：「那公司有順便宣傳什麼宗教嗎？還是……有什麼神仙下凡的新聞嗎……」

「沒有耶。」谷安眼睛一轉，笑說：「鄧大哥，別擔心啦，雖然像神能，但應該不是神能，新聞裡沒提過在人體儲存運用的報導……不知道爲什麼叫『遁』能。」

「我也不知道……」鄧山安心之餘，思緒清明了些，皺起眉頭說：「眞有這種能源的話……該有很多有權有勢的人會看不順眼，尤其是靠石油賺錢的那些……沒想到他們能順利成立公司，看來老闆不只是有錢而已。」

「鄧大哥好厲害，那公司眞的有很多麻煩喔。」谷安忙說：「他們公司大樓，聽說這段時間一直有人嘗試入侵和破壞，然後也一直被他們請的保全人員抓起來送給警察。」

如果眞是那些有勢力的人派來的，沒這麼容易被抓吧？不過反正在這個世界，自己只是一個無足輕重的小人物，世界未來怎麼發展和自己關係不大，如果有這樣的能源，讓大家都能省錢，畢竟是好事，只能說樂觀其成了。

「那公司不知道還請不請保鑣耶？」谷安突然歪著頭說：「這種大公司應該薪水很多。」

鄧山訝異地望著谷安說：「我給你開的帳戶，錢已經不夠用了嗎？」當時可是直接轉了五十萬進去，雖然不算什麼大筆財富，但如果花光了的話，也未免太快了些。

「不是啦。」谷安連忙搖手，尷尬地抓抓頭說：「蓉蓉跟我說不該花你的錢，應該自己去賺。」

「沒關係啦，她不清楚你的狀況，你在這世界沒身分，不方便賺錢。」鄧山想了想，又低聲自語說：「聽說有些國家的身分不難買到……有機會去問問好了，不然老是沒身分也不好，以後萬一和語蓉……總要有個身分去註冊……」

「什麼註冊？」谷安聽不懂了。

「沒什麼。」鄧山笑了笑說：「你今天怎麼留在家裡？語蓉還沒放寒假嗎？」

「放假啦，她前天就回台北囉。」谷安笑說：「她不讓我跟去，說寒假要陪媽媽。」

聽起來好像相處得不錯……鄧山壓制住自己心底那莫名的煩躁，擠出笑容說：「那一直到過年，你都沒事做囉？要不要和我回南投？不少地方好玩的喔。」

「南投？」谷安兩眼一亮說：「日月潭？溪頭、杉林溪？玉山、合歡山？」

鄧山反而嚇了一跳說：「你……你還挺清楚的。」

「聽蓉蓉提過。」谷安頓了頓說：「她說剛考上大學時，鄧大哥有帶她……」

「喔，對，我帶她去玩過……」

鄧山想起一年多前，柳語蓉剛考上先德大學的那個暑假，自己確實花了一段時間帶著柳語蓉玩遍了南投各風景區。當時的她就像個剛長大的女孩，在自己身邊開心地轉來轉去，有時溫婉嬌憨，像個天眞的天使，有時又調皮促狹，彷彿迷惑人心的小妖精，讓人目眩神迷，轉不開目光，又不敢多看……

「鄧大哥。」谷安突然喊了一聲，把鄧山的思緒抓了回來。

鄧山尷尬地笑說：「不好意思，我們剛說到什麼？」

谷安頓了頓，收起笑容說：「鄧大哥，我和蓉蓉……到現在爲止，只算是比較常見面的朋友，如果你還喜歡她的話……就……」

「你在說什麼？」鄧山連忙搖手說：「你別擔心我的事情。」

「如果鄧大哥喜歡她，我現在……還可以退讓。」谷安認眞地說：「但是如果再繼續下去，我又萬一當眞喜歡上她的話，那時鄧大哥才要我放棄，我也不會放棄的喔。」

「我明白。」鄧山點頭：「你放心吧，我和語蓉是有不少的回憶，我也告訴過你，我很疼惜她，但是我已經不能給她幸福了，所以你只要是認眞的，就不用顧忌我。」

「好，我明白了。」谷安用力地點了點頭。

「不過……你現在還……不夠喜歡她？」鄧山忍不住多問了一句。

「現在只是很表面的接觸。」谷安歪著頭，慢慢地說：「雖然常一起出門……她的外貌足以吸引我，談吐和笑容也很讓人心動，不過，還不算了解她心中真正的想法，至少要等到了那個階段，才能談喜不喜歡吧。」說到談戀愛，谷安好像比自己專業不少，自己都不敢說真的了解了柳語蓉呢……鄧山聽得有點慚愧，說不出話來。

「而且，我覺得她雖然願意和我出門，但是心裡似乎築起了一道牆，把真正的她藏在裡面，一點都沒顯露出來。」谷安說：「這樣代表她還沒喜歡上我，所以……我還需要努力啦！哈哈哈。」說到最後，谷安莫名其妙地突然又高興起來。

「好。」鄧山不再提柳語蓉的事情，轉過話題說：「總而言之，你跟我回南投就是了，沒事的話，今晚就走？」

「可以啊。」谷安從沙發上彈起說：「去幾天？我要準備多少衣服？」

「唔，多拿幾套換穿的吧，我們過完年才回來。」鄧山說：「那兒可沒人幫你洗衣服，還有啊，你雖然不怕冷，也別穿得太少，別把我老爸嚇壞。」

兩人正討論的時候，鄧山放在房中的行動電話突然響了起來。鄧山微微一怔，一面交代谷安，一面走回房間隨手接起電話。剛應了一聲，只聽到電話那端傳來有些哽咽的聲音，這聲音莫名地熟悉，鄧山心中一驚，忙說：「語蓉嗎？怎麼了？發生什麼事了？」

隔壁房的谷安，聽到鄧山這三句話，只一瞬間就跳到了鄧山房門口，一臉意外地望著鄧山。

「山哥……」電話中的柳語蓉，似乎強忍著淚，抽咽了幾聲才緩緩地說：「我……我出車禍，媽媽在開刀，怎麼辦？怎麼辦？我……我……」

「別急，慢慢說……妳和伯母出車禍？……妳呢？妳沒事吧？」鄧山說。

「我小傷，沒事……可是媽媽……媽媽流好多血……現在在開刀……醫生說很危險……」

柳語蓉說到這兒，哇地一聲忍不住大聲哭了出來。

鄧山聽到柳語蓉這般嚎啕大哭，心頭驀然揪緊，當即說：「妳在那間醫院？我馬上趕去。」

「南……南方綜合醫院。」柳語蓉哽咽地說：「山哥，我……我……」

「妳先別亂跑，在醫院裡面等開刀結果。」鄧山迅速地說：「高鐵大概最快，我馬上去搭高鐵……妳隨時有任何狀況，馬上打電話給我，知不知道？」

「好。」柳語蓉頓了頓又說：「我該不該打電話告訴姊姊？我……我還應該通知誰？我只想到找你……山哥……我不知道該怎麼辦……」

鄧山想了想說：「反正語蘭就算知道，一時也趕不回來，等……等出開刀房再通知她吧，總之，妳一切等我趕到再說，好不好？妳現在心神很亂，別離開醫院亂跑喔。」

「好……山哥……」柳語蓉停了停才說：「謝謝你。」

「謝什麼，傻瓜！」鄧山說：「妳手機電池省點電，沒事就先別說了，有事就馬上打給我，先這樣囉？我馬上出門。」

「好，山哥……我等你喔。」柳語蓉無助地說。

「嗯，掰掰。」鄧山掛掉電話之後，抬起頭，見谷安還愣在門口，鄧山當即說：「還不快去套上衣服和長褲，我們上台北。」跟著轉頭走去衣櫃，拿出外套披上。

谷安呆了呆，才說：「我也去嗎？」

鄧山正急忙塞著錢包、手機、鑰匙等雜物到外套口袋中，聞聲愕然回頭：「你不去嗎？」鄧山以為這種時候，谷安一定會想陪著柳語蓉，所以才打算搭高鐵，卻沒想到谷安會這麼反問。

只見谷安低頭想了想，終於一點頭說：「嗯，我也去。」跟著回房穿衣服去了。

「不用帶其他東西了，換洗衣物到台北再買。」鄧山一面收拾一面交代，和谷安兩人快手快腳地收拾妥當，出門攔了計程車，直往烏日高鐵站。

異世遊

他做愛時喊錯名字嗎？

總算一路上沒有出什麼意外，鄧山和谷安花了兩個小時左右，趕到台北萬華附近的南方綜合醫院，這時候大約是下午三點。兩人到了醫院，詢問服務人員之後，終於在開刀房外的等候室，看到裹著一條醫院的綠色被單，衣衫不整、蓬頭散髮、滿臉淚痕的柳語蓉。

柳語蓉似乎頗有點失神，正低頭望著地面喃喃自語著，一直沒注意到兩人接近。直到鄧山站到她面前，輕輕喚了一聲，柳語蓉才突然驚醒過來。抬頭一看清鄧山，她扔下被單，撲入鄧山懷中，那似乎才停了不久的淚水，彷彿潰堤一般再度失控。

此時，鄧山才知道柳語蓉爲什麼這麼狼狽，她額頭、身體、手臂，其實也綑綁了不少紗布繃帶，衣服也因爲急救包紮而被剪破，只能靠著那個被單遮掩。鄧山感覺到懷中的柳語蓉一面啜泣，一面正不斷顫抖，覺得又心疼又難過，他連忙伸手拿起被單，從柳語蓉身後將她裹住，一面輕拍著她的背，一面輕聲安慰說：「別怕，山哥來了，別怕。」

柳語蓉哭了好片刻，這才漸漸收聲，她在鄧山懷中抬起頭，無助地說：「山哥，媽媽會不會……會不會……」

「不會的，不會的。」鄧山緊緊抱著柳語蓉說：「妳別擔心，不會有事的。」

「嗯，不會有事的……不會有事的……」柳語蓉低聲唸著這句話，彷彿多唸幾遍，就能讓這句話成眞，而她似乎也眞的逐漸鎭定下來，神色稍微平靜了些。

「山哥比我還先到？蓉蓉還好嗎？」鄧山轉頭，卻看到等候室的入口處，郭玉莎正奔來。

「莎莎……」柳語蓉這時才發現谷安，她微微一怔說：「啊，谷安也來了……謝謝你。」

「嗯。」谷安點點頭說：「妳沒事吧？身上痛不痛？」

「只是一些小傷口。」柳語蓉把那被單裹得緊了點，低下頭。

郭玉莎走到柳語蓉身旁，扶著她坐下，從包包拿出濕紙巾輕擦著柳語蓉臉上的淚痕，一面低聲說：「我等等去外面先幫妳買件外衣，好不好？」

柳語蓉點頭的同時，鄧山聞聲醒悟，連忙解下自己外套說：「語蓉，妳先穿這個。」

「山哥，這樣你會冷。」柳語蓉一怔說。

「我不會冷。」鄧山幫柳語蓉裹上，一面笑說：「妳擔心的話，我來穿這床單。」

柳語蓉看鄧山怪模怪樣地披上床單，不禁微微一笑，但笑到一半，想起難過的事情，那笑容頓在嘴角，又緩緩消失了。

郭玉莎見狀稍微安心一點，對柳語蓉說：「我馬上回來。」

當她往外走的時候，谷安突然說：「我去買點吃的喝的。」一面隨著郭玉莎往外走。

郭玉莎見谷安和自己並行，似乎不怎麼愉快，半嘟著嘴瞪了他一眼。不過，谷安似乎一點也不在意，還回了一個頗陽光的微笑，郭玉莎則翻了翻白眼，不再理會谷安。

鄧山望著兩人，心中十分慚愧，自己怎麼都沒想到呢？柳語蓉可能好幾個小時沒喝過水了，更別提衣服如此明顯，還是谷安和郭玉莎比較細心……鄧山在柳語蓉身旁坐下，輕嘆一口氣說：「我什麼都沒注意到，還好他們有來……」

「山哥。」柳語蓉輕輕靠到鄧山肩上，低聲說：「你來了，我就心安了，我……我相信媽媽沒事的。」

「嗯，一定的。」鄧山連忙說。過了片刻，鄧山突然想起，不知剛剛的一切，谷安看在眼中是何感想？他想了想才說：「我擅自把谷安帶來，我以爲……」

「山哥……」柳語蓉一轉身，撲到鄧山懷中，哽咽地說：「我現在沒心情演戲了，你叫他走好不好？」

演戲？鄧山一呆說：「叫谷安走？」

「不，我該謝謝他願意來……」柳語蓉搖搖頭，淚眼迷濛地說：「但是我……我現在實在沒心情……」

「別放在心上。」谷安正提著一包塑膠袋，微笑走進等候室說：「我明白的。」

谷安？鄧山心中暗暗叫糟，自己心神紛亂，竟忘了留神谷安的形跡，不過事實上，谷安內息比鄧山只高不低，若是眞不想讓鄧山發現，鄧山還眞的難以察覺。

谷安走到柳語蓉身前蹲下，從塑膠袋中取出一罐熱咖啡說：「喝這個嗎？」柳語蓉一雙大眼望著谷安片刻，才輕輕點了點頭，谷安打開易開罐口，放入吸管遞給柳語蓉，等她喝了一口之後，才緩緩說：「我知道妳心裡還想著鄧大哥。」

「谷安？」鄧山可眞吃了一驚。這時不是談這種事的時候吧？

「我也知道鄧大哥還喜歡著妳。」谷安又說了這一句。

這話一說，柳語蓉那蒼白的臉頰終於透出一抹血色，她忍不住望了鄧山一眼，又迅速地低下頭去。

「不過你們兩個，都認爲你們的感情無法繼續。」谷安說：「所以我嘗試著和妳更熟悉，想知道會不會有未來……現在雖只是普通朋友，不過隨時間過去，也許有機會更了解彼此……當然，在那之前，妳或我都可能愛上別人，也沒什麼稀奇。」

說到這兒，柳語蓉終於抬起頭，正視著谷安的眼睛。

谷安吸了一口氣，接著說：「因爲我清楚這些，所以你們就算表現出彼此的關懷，也不用顧忌我的存在，我也不會因此疏離妳。」

柳語蓉過了好片刻，終於開口說：「你……你好奇怪。」

「是嗎？」谷安抓抓頭嘿嘿笑說：「也許吧，畢竟我是另一個世界來的人呀。」

「等我媽媽好了以後……」柳語蓉低聲說：「我會試著更多了解你一些。」

「就這樣吧。」谷安呵呵笑了笑，把袋子交給鄧山，一面說：「我去周圍逛逛，鄧大哥，只要需要人跑腿，就打電話通知我一聲。」說完之後，谷安揮了揮手，又走了出去。

柳語蓉望著離去的谷安背影，過了片刻之後才開口說：「他是個好人。」

「嗯。」鄧山點點頭說：「我也是這樣想。」

「所以……」柳語蓉望了鄧山一眼說：「所以你希望我和他交往？」

鄧山苦笑一聲說：「我才不希望。」

這話說得柳語蓉一呆，轉頭望著鄧山說：「什麼？」

「不，沒什麼……」鄧山驚覺失言，又不知該怎麼說下去。

柳語蓉一時沒能會過意來，疑惑地凝望著鄧山。

還需要說得更清楚嗎？鄧山望著柳語蓉，不知該不該說下去。

柳語蓉看著鄧山眼睛，倏然間明白了，她緩緩低下頭說：「我懂了。」

「語蓉，別提這些了。」鄧山輕拍著柳語蓉纖細的肩膀，低聲說：「幫伯母祈禱吧，希望開刀順利。」

「嗯，山哥說的對。」柳語蓉收拾起紛亂的心情，雙手在胸前合起，閉起眼睛，專心一志地低聲默詠。

不過鄧山雖然說祈禱，一時之間他卻也選不出該向哪個神膜拜，畢竟平時他也沒什麼宗教信仰，就算臨時想抱佛腳，也不知道該選哪一尊……不過，柳語蓉卻是十分虔誠地閉目默念著，鄧山望著她蒼白而姣好的臉孔，不由得滿心憐惜，好不容易才克制住那股將她擁入懷中的衝動。

又過了一段時間，郭玉莎帶著一件寬大的外套回來給柳語蓉換上，鄧山這才終於不用繼續披著那綠色床單，聊了一陣子，谷安也回來加入，三人一面舒緩著柳語蓉的心情，一面慢慢弄清楚了事情的始末。

今日一早，身爲企業老闆的柳語蓉母親，特別安排了一天假期，打算帶著久未返家的寶貝女兒去百貨公司好好逛個一天，但開車出門沒多久，沒想到就發生了意外。

柳語蓉當時只覺得天旋地轉，根本搞不清楚發生了什麼事情，當她稍微回過神的時候，身旁的母親已經失去知覺地躺在血泊中。之後，柳語蓉就嚇呆了，渾渾噩噩地讓醫護人員送到醫院，直到包紮妥當，辦了必需的手續，柳語蓉才回過神來尋找母親，當時她母親已送入開刀房。柳語蓉心慌之下，首先就是打給鄧山，然後一個人在這兒哭了一個多小時，才想到打電話給一樣回台北過節的郭玉莎，所以郭玉莎才會比鄧山、谷安還晚到。

「那麼……只有妳們的車出事嗎？不是和其他的車相撞？」郭玉莎正訝然問。

「我不知道……聽說媽媽受傷這麼嚴重，是因爲翻過了安全島時，撞上了什麼機器……」柳語蓉忍著淚水說：「那東西撞入車子，刺傷媽媽……」

谷安靠著鄧山低聲說：「安全島是什麼？」

「比較大的馬路中間，那種會種樹的地方。」鄧山隨口回答谷安，跟著說：「可能是撞到測速照相之類的機器……」

「我不知道。」柳語蓉搖頭說：「不管那是什麼，只要媽媽沒事就好。」

「嗯，一定沒事的。」鄧山說。

又過了片刻，柳語蓉情緒漸漸穩定下來，鄧山也心情寧定了些，看看已經是晚餐時間，鄧山開口說：「一直這麼等下去，也不是辦法，語蓉，要不要讓莎莎先陪妳回家換個衣服？休息一下？」

「不，我要在這邊等結果。」柳語蓉馬上拒絕。

「妳家很近，有消息我馬上打電話給妳？」鄧山又說。

「對呀。」郭玉莎也在幫腔：「蓉蓉先回去一下沒關係吧？」

「不，不要。」柳語蓉噘嘴搖頭。

「那吃點東西吧？」谷安說：「如果都不喜歡，我再去買別的。」

「沒關係，我不餓。」柳語蓉苦笑搖了搖頭。

「不行。」鄧山臉一沉說：「硬吞也要吃一點，大家都吃。」

柳語蓉沒想到鄧山突然板著臉訓話，微微一怔，說不出話來。

郭玉莎不禁皺眉低聲說：「山哥？」

「那時老爸也……沒什麼，勉強吃一些就是了。」鄧山自覺失態，擠出笑容說：「別讓生病的人替妳擔心，自己要先照顧好自己。」

卻是鄧山母親兩年前因病過世前，就在醫院待了一個多月的時間，那樣的一段時間，除了生病的人在和死神拔河之外，負責照顧的家人們也得做好長期抗戰的心理準備。鄧山的父親當時一時無法接受，吃睡都不穩定，差點跟著病倒，後來雖然沒事，鄧山卻印象十分深刻。而當時鄧山有兄嫂和父親輪流陪伴病人，此時柳家只有柳語蓉一人在此，柳語蓉不好好照顧自己身體的話可不行。

「對啊，大家都吃點東西。」見兩人沉默下來，郭玉莎打著圓場，一面拿起一個三明治說：「谷安每種都買了啊？這麼多？」

「對啊。」谷安乾笑說：「每種都拿一個。」

柳語蓉已然明白了鄧山的意思，雖然實在沒有胃口，仍勉爲其難地拿起一個麵包，緩緩咬著，但看她那副食不知味的模樣，一時之間，眾人都靜默了下來。

直到八點多的時候，通往開刀房那兒的門口終於打開，一個醫生模樣的人走了出來，一面解開口罩一面說：「張素瑜女士的親屬？」張素瑜正是柳語蓉母親的名字，柳語蓉連忙跳了起來，向著醫生走去。

鄧山等人畢竟算不上親屬，此時似乎也不大好意思跟過去旁聽，只好遠遠看著關切，不過看柳語蓉的表情雖然難過，至少沒崩潰，該不是最壞的消息。三人彼此對望了幾眼，都從對方的臉上，看到鬆了一口氣的表情。

醫生話說得挺快，沒多久就轉頭離開，三人連忙接近，看著柳語蓉，等她說話。

柳語蓉望著三人說：「醫生說……媽媽已經送去加護病房，現在……傷口雖然已經縫合，但因爲失血過多，頭部有傷，麻醉藥性退了後並沒清醒，這兩天是危險期……醫生要我……要我……」說著說著，柳語蓉眼眶紅了起來。

「怎麼？」郭玉莎見柳語蓉說不出口，忍不住輕聲問了一句。

「要我先做心理準備……」柳語蓉終於哭了出來，一面說：「還要我……還要我通知其他家屬……我……我得跟姊姊說……我……我打電話……」柳語蓉一面拿起行動電話，一面淚珠大滴大滴地掉落，只見她按著按著，手一顫，電話往下滑落，還好谷安手快，一把撈起，沒讓電話摔到地上。

「醫生這麼說，只是要妳有心理準備，還是有希望的。」鄧山沉聲說：「妳自己不能先放棄了。」

「嗯……」柳語蓉抹了抹淚，但除了點頭之外，卻也說不出話來。

「加護病房有固定探病時間，不是隨時都可以進去，這麼晚該不行了。谷安，麻煩你去門診大樓的服務台問一下，調查清楚，等等去醫院門口找我。」鄧山畢竟有經驗，鎮定地分派任務說：「莎莎，請妳送語蓉回家，至於語蘭則由我來通知，我和語蘭聯絡好之後，再跟妳們聯繫。」

谷安也不囉唆，點了點頭，轉身就往外走。

「我們也走吧，我陪妳們走到外面。」鄧山輕扶著柳語蓉往外走。

柳語蓉此時心亂如麻，雖然不想回家，卻也不知該怎麼辦，只好一面抹淚一面走，一面說：「山哥，你要怎麼跟姊姊說？要姊姊回來嗎？」

鄧山問：「妳希望她回來陪妳嗎？」

「嗯……」柳語蓉微微點了點頭說：「可是，姊姊才剛去不久……會不會耽誤到她……」

當真耽誤也沒辦法了，鄧山嘆口氣說：「我把狀況說給她聽，她自己決定吧……就算她馬上回來，也要兩三天時間……對了，妳還有什麼其他親近的親戚要通知嗎？」

「沒……沒有了吧？」柳語蓉搖了搖頭。

「嗯……我就送到這兒。」到了醫院大門，鄧山停了腳步說：「你們坐計程車回去，莎莎，妳今晚……」

「我今晚陪蓉蓉睡。」郭玉莎一面扶柳語蓉上車，一面微笑說：「山哥，還是你要來陪蓉蓉？」

這話害得柳語蓉和鄧山兩人不禁相對而望，柳語蓉在一瞬間的恍惚中，竟頗有些期待。但兩人只對看了短短一刹那，柳語蓉旋即轉過目光，低下頭生氣地說：「莎莎，這種時候還胡鬧，我眞的要生氣了。」

「好啦好啦，我陪妳睡，蓉蓉乖。」郭玉莎眨眨眼，摟著柳語蓉賠罪。

「我和谷安可能會去找飯店吧。」其實兩人幾晚不睡也是小事，不過鄧山總不能這麼回答，只好這麼隨口說。

「好，那……我們等你電話。」郭玉莎嫣然一笑說。

「嗯，交給我。」鄧山點點頭說：「妳們放心。」

「我們走了。」郭玉莎關上車門。

「語蓉，回家以後還要再吃點東西喔。」鄧山隔著車窗又囑咐了一句。

「山哥眞是放不下心喔。」郭玉莎笑說：「我會照顧蓉蓉啦。」

柳語蓉雖然白了郭玉莎一眼，心中仍不免感到一股溫暖，對鄧山點了點頭，這才讓車子行駛離開。

鄧山望著越來越遠的黃色計程車，心中卻挺沉重，事實上，鄧山心知柳母這次就算化險爲夷，也不是躺個十天半個月就能出院的，她經營的企業非得有人處理不可，柳家既然沒什麼別的親戚，柳語蓉又還在念書，除了柳語蘭回來接手之外，實在也沒別的辦法。

而柳語蘭爲了出國念書努力了這麼久，還因此和男友分手，沒想到卻出了這種事情，只能希望柳母能早點痊癒，一切恢復正常，否則語蘭的人生規劃等於完全落空，她一定會十分失望的……鄧山嘆了一口氣，按著行動電話的按鍵，準備通知遠在海外的柳語蘭這個壞消息。

此時的計程車中，柳語蓉和郭玉莎兩人卻都沉默著沒開口。柳語蓉是對剛剛郭玉莎的言語還有點生氣，加上此時心情難過，所以沉默不語；不過她心中卻也有點意外，郭玉莎向來耐不住沉默，怎麼突然安靜下來，難道剛剛自己回了那句話，就讓她生氣了？柳語蓉偷眼望向郭玉莎，卻見她不像生氣，只似乎正在思考著什麼，神色有點迷惘，又有點開心。

「莎莎，妳怎麼了？」柳語蓉不禁問。

郭玉莎回過神，彷彿嚇了一跳，有點慌張地說：「什麼？沒什麼。」

「妳在發呆？想什麼？」柳語蓉問。

「我在想……剛剛的事情。」郭玉莎低聲說。

「怎麼了？」柳語蓉皺眉問。

「啊，先別管我。」郭玉莎摟著柳語蓉的腰低聲說：「妳和山哥眞的沒希望了嗎？」

柳語蓉眉頭皺起說：「莎莎，我心情現在很糟，不想開玩笑了。」

「我不是在開玩笑。」郭玉莎斂起笑容，低下頭說：「妳眞的不要他的話，我……我想……」

「什麼？妳說什麼？」柳語蓉突然明白郭玉莎的意思，吃了一驚。

「他……剛剛感覺很可靠啊，妳也知道……我看到這種男人，就會完全沒抵抗力……而且我聽妳說多了他的好處，似乎除了古板些之外，也沒什麼缺點不是嘛……」郭玉莎臉頰微紅，低聲說：「可是他好像還是喜歡蓉蓉，完全沒注意到我……」

「莎莎……不行的。」柳語蓉嘆了一口氣。

「我當然不會和妳搶。」郭玉莎有點發急地說：「可是妳說……」

「不是我。」柳語蓉頓了頓說：「這次發生這種事情，姊姊……可能過兩天就會回來了，等妳看到他們兩人相處……就知道山哥喜歡的是誰了。」

「山哥喜歡妳姊姊？」郭玉莎可眞是嚇了一跳。

「對不起，我一直沒告訴妳。」柳語蓉說。

「我只知道妳姊不喜歡我，唔……她以前不是有男友嗎？」郭玉莎問。

「是啊，就算這樣，山哥看著她的眼神還是……」柳語蓉低聲說：「山哥對我姊的感情有多深，一直看著他們兩人的我最清楚，笨山哥自己都沒我清楚。」

郭玉莎不禁問：「那妳爲什麼……」

「因爲姊姊根本沒把山哥看在眼內啊！我想讓他忘記姊姊，愛上我……」柳語蓉嘆了一口氣說：「總之，我失敗了。這次姊姊若眞的回來，我想促成他們……莎莎，妳只是一時心動，早點放棄吧，山哥糊裡糊塗的，老是搞不清楚自己想要什麼，妳陷下去的話，到最後……會和我一樣慘的。」

「原來是個地雷男人。」郭玉莎雙手扠在胸前，靠著椅背嘆氣說：「好吧，本美女提得起放得下，和他保持距離就是了。」

柳語蓉不禁莞爾，她忍笑搖搖頭說：「我要是跟妳一樣就好了。」

因爲南方醫院離柳家本不遠，兩人閒談間，已到了目的地。走下計程車，柳語蓉正摸索著鑰匙時，突然行動電話響起，她一看來電，連忙接起說：「山哥？」

「嗯，語蓉。」果然是鄧山打來的，鄧山停了停才說：「語蘭說，她會盡快趕回台灣。」

柳語蓉停了片刻，才有點害怕地說：「她有沒有生我的氣？」

「傻瓜，這是意外，誰會生妳的氣，語蘭還很擔心妳呢，她說晚點會打電話給妳。」鄧山說：「另外，加護病房的探病時間是每天的早上十一點和晚上七點半，都只能進去半小時。」

「那……要到明早十一點才能去看媽媽？」柳語蓉說。

「對。」鄧山說：「所以，妳今天好好休息一下，明天早上我去找妳，先陪妳去伯母的萬華柳記總店一趟，再來醫院。」

「公司？」柳語蓉一怔才想到此事，她呀的一聲說：「啊，我都忘了。」

「我們只是先去做個知會。」鄧山說：「伯母痊癒之前該怎麼運作，等語蘭回來以後，妳再和她討論決定該怎麼辦吧。」

「公司的事情我都不懂的，讓姊姊決定吧。」柳語蓉說。

「嗯，妳別擔心，不管有什麼事情，我都會幫妳們的，好不好？」鄧山和聲說。

柳語蓉眼眶又泛紅了，不過此時不是難過，那是一種足以讓淚腺失控的溫暖感動，她抹了抹眼角，輕輕地應了聲：「好。」

「那就這樣囉，妳好好休息，有事隨時打電話來找我。」鄧山說。

「嗯，山哥晚安。」柳語蓉關了電話，這才推開擠在一旁偷聽的郭玉莎說：「聽夠了沒？」

「我聽不出來他喜歡妳姊耶。」郭玉莎賊兮兮地笑說：「但是，我覺得他對妳眞是好到讓我嫉妒。」

「山哥就是這樣溫柔……不然我也不會愛上他。」柳語蓉低下頭，嘆口氣說：「但當擁抱著我的時候，他心中卻會想起別的女人，這樣又何苦？」

「什麼意思？」郭玉莎一怔。

「就是這個意思。」柳語蓉怎好意思說清楚，一癟嘴，打開屋門往內走。

「說清楚點嘛。」郭玉莎追著跑，一面嚷：「他做愛時喊錯名字嗎？」

柳語蓉臉紅起來，連忙關上門，一面瞪眼說：「妳這瘋女人給我節制點，這種話喊這麼大聲。」

「誰教妳不說清楚。」郭玉莎理直氣壯地說。

「姑娘不想說。」柳語蓉哼了一聲，一面往內走一面說：「我先去洗澡。」

「那我打電話問山哥。」郭玉莎說。

「妳敢！」柳語蓉馬上停住腳步。

「我當然不敢，好蓉蓉，妳快自己告訴我。」郭玉莎摟著柳語蓉，央求說。

「不要。」柳語蓉忍著笑說。

「快說，妳只要告訴我，我就陪妳一起洗澡當獎勵。」郭玉莎突然吻了柳語蓉耳垂一口說。

柳語蓉紅著臉將郭玉莎一把推開說：「誰要妳陪，我真的要去洗了。」

「好啦。」郭玉莎笑說：「說真的，妳手上、身上有傷，方便洗頭嗎？真不要我幫忙？」

「沒關係。」柳語蓉知道郭玉莎開這些玩笑，主要也是想讓自己心情放鬆，她強笑著搖搖頭，自行盥洗去了。

□

這時的鄧山和谷安早已經會合，正商議著晚上該到哪兒去，兩人對於住飯店都有點興趣缺缺。當鄧山提到台北有間二十四小時營業的大型書店時，谷安大感興趣，馬上表示要去晃一晚上；但鄧山卻對看書沒這麼有興趣，他心念一轉，突然想起天選研究中心的約翰，於是打算過去看看。

兩人在醫院門口分手之後，鄧山按著當時記錄在手機中的住址，搭乘計程車尋了過去。那地方雖然說在台北市內，計程車卻開了足足一個多小時，原來那地方卻是座落在陽明山別墅區，若不是屋子外面立著一個金屬招牌，根本只像是一個富豪的度假別墅。

此時已經快十點了，雖然裡面仍有燈光，卻不知這時間打擾妥不妥當？

「先生？」計程車司機剛剛已經報了價錢，卻見鄧山愣在那兒，不禁開始懷疑鄧山是不是想坐霸王車，本來以為好不容易接到一個稍微長途一點的客人，莫非反而得賠上一筆油錢？

「我先打個電話，等一下。」鄧山決定先打電話給約翰．卡羅，問問狀況再說。

似乎是找人來付錢？司機安心了些，反正就算要等，收費表也一直在跳，倒是不怕吃虧。

電話正響間，突然那掛著天選研究中心招牌的金屬大門緩緩地往旁拉開，裡面正有人從庭園的另外一端快速奔出，一面對這兒揮手說：「噢！鄧山先生！歡迎歡迎。」那人正是許久不見的約翰，而他手中正拿著響個不停的電話，一面高興地對著鄧山招手。

他怎麼知道自己來了？也許是監視器看到吧……不過既然有人在就沒問題了，鄧山付了計程車費，走下車門。約翰已經站在車外，一面高興地說：「眞沒想到居然是你，太歡迎了。」

「我有個長輩出了車禍，我上台北來幫忙的。」鄧山一面隨著約翰走，一面說：「所以這幾天會在台北，今晚剛好沒事，想到上次你留了地址，就過來看看。」

「車禍？」約翰關心地說：「嚴重嗎？」

「嗯，還沒脫離危險期。」鄧山轉過話題說：「我會不會來得太晚？」

「沒關係，沒關係。」約翰笑說：「我今晚剛好輪晚班，正好一夜沒事，只不過大部分人在休息，沒法幫你介紹。」

「不用麻煩了，我只是來看看你們，不介紹反而自在。」鄧山說：「另一位……啊，提姆，他不在嗎？」

約翰笑容微斂，嘆口氣說：「他……他沒能過來，我已經和他失去聯絡很久了，希望上帝保佑他平安。」

「失去聯絡？發生什麼事情？」鄧山吃了一驚，莫非在這世界也有爭鬥？自己恐怕是來錯了。

「那是在上海發生的事情，等等坐下來再慢慢說吧。」約翰領著鄧山走入大門，轉過大廳，繞到一個小客廳，一面請鄧山坐下，一面說：「這次除了來看看我們之外，有沒有我們幫得上忙的地方？」

「啊，不說沒想到，倒是有件事情想請教一下。」鄧山說：「我有個朋友沒有身分，想弄個身分，不知道該怎麼做才好？」

「這個簡單。」約翰說：「要快的還是慢的？」

「這種事情不是越快越好嗎？」鄧山說。

「快的就是假身分，文件是僞造的，可以應付一般用途，但是畢竟有風險。」約翰說：「如果有錢又有時間，那可以先去買個非洲或中南美洲小國家的國籍和護照，然後經由合法的手續，申請移民到想有身分的國家，這種方式就比較花時間了，但也是萬無一失的辦法。」

「這麼說來，兩種可能都需要。」鄧山沉吟說：「僞造的應付急用，然後再弄個合法的……」

「需要我幫你介紹嗎？」約翰笑說：「雖然我們現在很慘，但是這方面的門路還是有的。」

如果要約翰幫這個忙，萬一他開口需要自己幫忙，可就不好拒絕了。鄧山思考了一下，先語帶保留地說：「我去問問我朋友的意思好了，有需要再麻煩你。」

「好啊，反正這只是小事。」約翰說。

此時門外傳來敲門聲，隨即一個端著托盤，年約六十餘歲，精神矍鑠的老者，打開門含笑說：「鄧先生是吧？時間晚了，招待不周，請喝茶。」

一見老者，約翰連忙起身接過托盤，一面將托盤上的茶杯、茶壺擺開，一面介紹說：「鄧先生，這位是鄭倫主任，是我們這兒的其中一位負責人，和我一樣從上海來的。」

原來是上海來的，難怪口音不大一樣，不過負責人跑來幹嘛？有點意外的鄧山起身說：「鄭主任您好。」

「別客氣、別客氣，請坐。」鄭倫很熱情地招呼鄧山，一面說：「我從他們的錄影，見識過鄧先生的風采，鄧先生的能力似乎屬於我們東方內息修練一脈的？」

「錄影？」鄧山微微一愣，望向約翰，自己當初不是毀掉記憶卡了嗎？

約翰也想起此事，有點尷尬地插口說：「後來修好了，那是提姆的能力。」

可以把壞東西修好？這可有點出乎鄧山意外，不由得多看了約翰兩眼。

鄭倫接口說：「約翰和提姆是心念能力類，和內息修練產生的能力完全不同，主要依靠的是意志力。約翰可以隔空控制物品移動，提姆具有恢復物品的能力，提姆的能力雖然不強，卻十分獨特，可惜……可惜……」

可惜他在上海死了？到底在上海發生了什麼事情？如果詢問下去，會不會涉入太深？鄧山還在考慮要不要接口的時候，鄭倫已經轉回原來的話題說：「雖然說鄧先生是修練內息，在理論上可以一直成長，但鄧先生的能力還是太過突出了，更何況您才這個歲數……雖然十分唐突，我還是必須詢問鄧先生，這是您天賦異稟？還是有名師指點？又或者有特殊的原因？」

這個可不能說，總不能把金大和另外一個世界的事情通通解釋一遍吧，對方不把自己當瘋子才怪。

鄧山正遲疑間，鄭倫卻嘆了一口氣說：「我可以體會鄧先生想保守這個祕密，但若非全人類正受著威脅，我也不敢冒昧詢問。」

扯到全人類去？這個帽子會不會太大了。鄧山皺起眉頭說：「鄭主任，您在開玩笑吧？」

「眞是說來話長……」鄭倫停了一下，似乎正思考著該從何說起，過了片刻才說：「這半個多月來，有個企業正逐漸放出風聲，說他們掌握了新的能源，這件事情，鄧先生可知道。」

北京的遁能企業？恰好上午才在電視上聽過，但也只聽到後小半段，鄧山微微一怔說：「不是很清楚，新能源怎麼了？」

鄭倫微皺眉頭，緩緩說：「這種新能源的特色，據說不用耗費地球資源，使用後也不會有二次污染；而且最重要的是，比現在主要使用的石油、燃煤、天然氣等能源都還要省錢，又比核能安全。」

這比上次聽到的還棒呢。鄧山點頭說：「聽起來很不錯。」

「是啊。」鄭倫苦笑說：「很明顯的，只要這種能源一推出，全球經濟體系一定會產生大變化，倒閉的企業、失去飯碗的員工、員工的家屬，連國家之間的微妙平衡關係，都要重新建立，影響的層面不知道會多廣……」

聽起來是完全站在反對一派呢，難道「天選」這個組織，已經被石油相關國家或企業收買，準備去做破壞？還想拉自己去幫忙？鄧山謹慎選擇用詞說：「既然這種能源已經不是祕密，相信世界各國還有各大企業都開始做因應計畫了吧，到時產生的影響，該沒有我們現在想像的這麼大……而且，有更省錢的新能源，對人類來說……該是好處吧？」

「嗯，鄧先生果然有客觀的見解。」鄭倫反而一笑說：「您說的沒錯，新能源確實不管從哪個角度來看，都是人類的期待，畢竟現在人類主要運用的能源，幾乎都越用越少，還會破壞環境。所以，雖然很多有利益衝突的國家或企業不想讓這公司成長，但有更多人願意主動支持，加上北京政府的全力協助，所以他還是能擋住各種明暗攻擊，不斷照著計畫進行……」

嗯，聽起來好像不錯……鄧山正在點頭，卻見鄭倫突然搖了搖頭說：「但是有個最重要的問題，卻沒人注意到。」

「什麼?」鄧山問。

「這能源哪兒來的?」鄭倫苦笑說:「現在世上,只有『遁能企業』的高層,和我們『天選中心』的人知道。」

「你們知道?」鄧山好奇地說:「爲什麼?」

「因爲遁能企業的人和我們決裂之前,本來也是天選中心的人。」鄭倫說。

原來是這樣……鄧山接著問最重要的問題:「那麼,那些能量到底是從哪兒來的?」

鄭倫望著鄧山,緩緩說:「這種能源名叫遁能,其實就是生命力,有時也稱之爲生命遁能,是吸取人類的生命力而來,被吸取遁能的人,完全不知道已經受害,但是體質卻會大幅衰減,沒有精神,也失去抵抗力,只要隨便得到一點小感冒,就會因引起的併發症而死亡,在中國……已經不知道有多少人受害了,如果讓他們發展下去,全世界都會因此受害,一定要阻止他們!」

不是開玩笑嗎……這種離譜的事情,一定要在自己身旁出現嗎?額頭冒出冷汗的鄧山,放下差點滑落的茶杯,看著眼前的兩人,不知該如何應答。

異世遊

什麼鬼能量

連鄧山在內，小客廳中的三人都沉默著，誰也沒開口，鄭倫和約翰是期待地望著鄧山，鄧山腦海中思索的，卻是該如何才能脫身。

基本上，鄧山根本不相信鄭倫最後說的那串話，什麼吸取人類的遁能？乾脆說吸血鬼算了，哪有這種事情？八成這組織和遁能企業產生了衝突，加上覺得沒法勉強自己加入，想藉著這個謊言把自己順便騙進去，幫他們一起對付這組織。

要是鬧翻了，自己雖然應該闖得出去，以後說不定還是會有一堆麻煩，該怎樣才能不撕破臉地讓他們死心呢？鄧山正思索時，從上台北之後就很少開口的金大，突然在鄧山心底說：「你不相信他們說的話？」

對了，可以問問金大。鄧山當即在心中說：「你們那世界不是比我們先進幾千年嗎？你聽過這種事情嗎？人類有個什麼生命力或叫生命遁能的，可以拿來當能量用？」

「是沒聽說過。」金大說：「現在使用的能源，神國和南谷大鎮那兒主要就是神能，而王邦諸國則以太陽能、地熱能和核能爲主。」

「沒用石油了？」鄧山問。

「我不知道那是什麼。」金大說。

「可能早就用光了。」鄧山也不計較，做出結論：「總而言之，就連你們那兒也沒這種東西。」

「可是……」金大說：「如果眞的曾經有過，這種不當的能源取得模式，應該已經消失了，所以我不知道也不奇怪，就像石油我也沒聽過，而且兩邊歷史畢竟已經不同，很難說。」

唔，這話也對，但不管如何，這種說法還是很奇怪，而且很不合情理，人體就算眞有什麼生命遁能，但是沒修練過的人，又能提供多少能量？想供應世界需要的能源，豈不是一堆人都被吸到死？人都死光的話，又要去跟誰賺錢？想來想去都是破綻，這種謊言未免太……

「鄧山先生？」約翰突然輕喚了一聲，卻是他們看鄧山臉色變幻，沉默許久不吭聲，忍不住喊上一喊。

「是。」鄧山回過神，乾笑一笑說：「老實說……我實在不大相信世上有這種取得能量的辦法。」

「當然，一般人不容易相信的。」鄭倫從懷中取出一本相簿，遞給鄧山，一面說：「第一張是在一個大型採石場拍的相片，你看看。」

似乎沒幾張相片，鄧山接過打開，一開始的相片，拍的是一個凹下的大坑，周圍都是一圈圈的走道，上下還有許多的繩梯和牽引器具。看樣子這兒是沿著走道往外開挖，然後將採集到的石礦用機械往上送，只見數百名礦工們在烈日下散布在採石場中，赤著上身揮舞著十字鎬、鏟子等工具，一個個又瘦又黑，不過看來還頗有精神的樣子，不少人有說有笑的，還對著鏡頭揮手。

「這是每隔一日拍一次的模樣，你看下一張。」鄭倫說。

鄧山翻過，不禁微微一驚，同樣的環境，同樣的人們，但是整個採石場給人感覺卻完全不同，彷彿籠罩著一股死氣，每個人垂著頭，有氣無力的，更別提談天說笑，彷彿一群行軍很久的部隊。這是眞的嗎？找這麼多人演戲也有點費工夫，而且演得還挺眞實的……

鄧山翻到第三張，卻見這張雖然是同時間拍照，礦工的人數卻少了大概四分之三，剩下的四分之一或坐或立，也沒人動作，每個人臉上表情都是惶恐和茫然，然後在礦坑底部，排著一大排香案，有些穿得比較整齊的人正在一旁觀望著，不知在做什麼。

「那時已經倒下大半的人。」鄭倫嘆息說：「沒有人知道原因，村里間盛傳這兒出了鬼怪，因爲礦坑是這縣份很重要的經濟來源，坑主、縣委辦公室主任、公安科長等人都來了，不過這些人又不大敢拜，怕一拜又惹上是非，最後還是讓幾個工頭強打起精神上了香……後面是這採石場的最後一張。」

鄧山一面聽，一面翻下一張，卻見整座採石場空蕩蕩的，一些黃紙隨風飄散，彷彿一片死城，鄧山一怔抬頭，卻見鄭倫點點頭說：「沒錯，四天後，全部人都倒下了，那兒衛生環境又不好，兩個月內，所有礦工都因爲各種不同的疾病而死亡，沒有一個醫生找得出原因。」

這是眞的嗎？鄧山發現後面還有相片，一面翻，一面疑惑望向鄭倫。

鄭倫點點頭說：「後面四張是另一個省份的礦坑相片，只不過並非開放型的採石礦坑……至於最後一組七張是一個偏遠山區的中學，發育中的學生，生命遁能極充足，他們連吸取了一個星期，才讓那三十個學生通通倒下……」

緩緩翻看著照片的鄧山，心中不禁越來越是驚駭，這些事情不是開玩笑嗎？難道是眞的？大陸那兒發生過這種事情？鄧山這時顧不得自己的懷疑，抬頭說：「這種事情怎麼可能會被允許？」

「沒人知道……甚至沒人肯相信……」鄭倫痛苦地說：「因爲未來巨大的利益就擺在眼前，只要不相信，良心上就過得去了……如果我們不是清清楚楚地知道這整個實驗計畫，也許也不願相信有這種事情。」

是這樣嗎？鄧山望向約翰，約翰倒似乎比較冷靜，點點頭接口說：「不只是這樣，遁能可以吸取，也可以對人釋出，對衰老的人來說，可以藉著提升生命遁能，進而大幅提升身體的自療能力與效果，這對大部分的疾病都有效，換個方式說，就是可以大幅延長人類的壽命……這種能力對許多有權力的人來說……實在是太有誘惑力了。」

「不對。」鄭山說：「既然知道會死人，爲什麼要一直吸到他們倒下？這根本就是殺人不是嗎？」

「這是第一階段的測試，三個地方是由不同的能力者一起展開的，當時並不知道會死人。」鄭倫說：「之後的實驗，便開始減少一日內的吸取量，受害者的壽命雖有因此延長，但還是大幅傷害對方體質，而且無法復元，所以我們也開始反對這項計畫。」

「就算這些都是眞的，這樣吸取數十人、數百人的所謂生命遁能，能有多少？」鄧山說：「而且一個人身上又能藏著多少能量？如果人身上有這麼多能量，那當人出了意外死亡，怎沒爆炸？」

「你不明白。」鄭倫搖頭說：「生命遁能本來和現實世界並不會互相產生關係，所以才稱之爲『遁能』，是一種隱藏的奇異能量，必須經過能運用的人吸取使用，才會對現實世界產生影響……至於蘊含的量，這兩百人的礦坑，一天內的產能就接近一個中型電廠十分之一的日產量。」

好像很多……但就算如此還是不行啊，鄧山搖頭說：「就算眞有這麼大量，吸一處就死一批人，總是不能長久的，又怎麼可能取代全世界的能源供應？」

「這就是我們決裂的原因……」鄭倫搖頭說：「他們後來竟大量製造試管胚胎、複製胚胎，想從生命遁能最飽足的嬰兒吸取，反正這些孩子無父無母，死了也不會有人追究……」越說越誇張了……

鄧山本來的半信半疑已經變成八分懷疑，不由得皺眉說：「眞的？」

「當然，所以一定要阻止他們。」鄭倫嘆口氣說：「慚愧的是，當眞決裂，我們卻不是他們的對手，天選組織先是亞洲兩個分部一敗塗地，又過不久，歐美幾個分部也都被他們破壞了，反而是逃到台灣的我們暫時沒事。」

「爲什麼？」鄧山有點意外。

「因爲海峽兩邊政權關係有些特殊。」鄭倫苦笑說：「那兒要派人過來比較麻煩，也不方便利用政治力；加上台灣人口稠密，資訊發達、媒體自由，出了事容易鬧大，對方不免多有顧忌，這兒反而成爲最安全的地方。在世界各地逃出大難的同志，現在都想辦法往這兒集合。」

台灣近來和中國大陸的政治關係確實有點複雜，不過，這不是鄧山現在關心的事情，他思忖了一下才說：「你們只有這幾張相片？這不夠當證據吧？」

「確實如此。」鄭倫嘆氣說：「我們已經把這些訊息送給北京當局，但他們卻不予理會，我們也送去聯合國相關組織告發，一樣沒有回應，這證據實在是不夠……」

「那你們打算怎麼辦？」鄧山問：「直接把眞相對新聞媒體揭露？」

「沒用的，因爲證據不足，對方只要說我們是惡意毀謗，我們一點證據都拿不出來……」鄭倫低下頭嘆息說：「其實，主要的證據都在天選各中心的電腦中，他們將一切都破壞了……說不定他們沒追來並不是因爲政治關係，而是因爲我們已經沒有威脅了……」

這麼聽來，已經沒救了吧？先不管是眞是假，就算是眞的，又能怎麼辦？鄧山苦笑說：「就算我相信你們，也願意幫忙，也得先想出辦法啊？」

「如果今日攔阻不了他們，也要培育下一代去阻止。」鄭倫說：「所以，我才冒昧地詢問鄧山先生修練的祕訣，若我們多幾個如鄧山先生一般的高手，也許可以潛入北京遁能總部，給予一定的破壞。」

別說這理由有點牽強，就算是眞的，自己的辦法也沒法傳授……鄧山當即搖頭說：「我有特殊的機緣，並非我不願說，就算是說了，也沒有其他人可以模仿。」

「但是錄影帶中，還有另外一位年輕女子，一樣有高強的身手。」鄭倫似乎不信，皺眉說：「難道她也有特殊的遇合？」

錄影中的女子……那是……若青？鄧山想起她的身影，心中不由得就是微微一痛，雖然已經過了兩個月，余若青那嬌小而無助的身影，現在還是清晰地存在在鄧山的腦海中，想到兩個月前，和余若青相處的短短十餘日，其中刻骨銘心之處，一思及仍令人神傷。她現在過得好嗎？是否還記得我？那嬌怯怯的身形是否更形消瘦？那溫軟朱唇是否仍飄著同樣的清香？

兩人見鄧山突然沉默下來，茫然地望著空中，不禁對望一眼。鄭倫這才試探地喚了一聲：「鄧先生？」

鄧山回過神來，有些尷尬地揉了揉眼角說：「對不起，我想到那位朋友，不禁有點失態了，她的狀況和我一樣，沒法拿來當參考。」

「聽說那位小姐似乎對我們頗有敵意？」鄭倫問：「她也在台北嗎？」

鄧山嘆了一口氣，緩緩說：「她……她已經不在這世上了。」

鄭倫一怔說：「原來如此，眞是抱歉。」

鄧山見鄭倫似乎不信，也不想多解釋，說：「我沒法傳授什麼特殊的訣竅給你們，打打殺殺，我也不怎麼喜歡，沒有其他地方可以幫忙嗎？」

鄭倫和約翰臉上都是失望，一時都說不出話來時，金大卻突然在鄧山心中說：「我說喔……」

鄧山這才想起，從接到柳語蓉電話之後，金大就一直保持安靜，有點意外地問：「怎麼？」

「你不喜歡打架，可是我喜歡耶。」金大哼聲說：「不能枉顧我的權利。」

「呃……」鄧山說：「可是會有危險啊。」

「他們既然把你捧這麼高，代表他們覺得你很厲害，可以應付敵人，但是他們不知道，嘿嘿……」金大賊笑說：「其實現在的你，比那時候的你還更厲害多了，所以該挺安全的。」

「唔……」鄧山還沒來得及辯解，金大又接著說：「你今天煩惱了一天，可知道我多辛苦啊，找點好玩的給我玩吧？」

原來金大是因爲自己心情不好，才安靜下來的？鄧山不禁苦笑，剛和金大結合的時候，稍微心情不愉快，他就忍不住哇哇叫個不停，現在倒似乎漸漸習慣了？

「才不是習慣了。」金大說：「因爲我知道叫也沒用，你反而嫌吵，心情又會更不好，還不如安靜點。」

「不好意思啦。」鄧山說：「生而爲人，難免有情緒起伏，你多擔待吧。」

金大還沒回答，鄭倫已經嘆口氣站起說：「既然這樣，也不能勉強鄧先生……」

鄧山突然想起一事，連忙說：「我有一件事情想拜託。」

鄭倫一怔之間，約翰已經接口說：「你朋友身分的事情嗎？那個沒問題……」

「不，不是此事。」鄧山說：「這件事情，我還得和朋友商量。」

「喔？」約翰有點意外地說：「那麼是什麼？」

「那個錄影……可否複製一份給我？」鄧山有點傷感地說：「我這才想起，我連她的相片都沒有，如果可以的話……」

「這個……」約翰苦著臉說：「那資料只存在上海的電腦，後來被遁能企業的人一起搶走了，現在資料可能在北京……」

這樣就沒辦法了，總不能殺去北京遁能企業裡找吧？鄧山苦笑站起說：「既然如此只好罷了，很抱歉，沒能幫上諸位的忙，我告辭了。」

「在我們這兒住一宿吧？」鄭倫表情並不怎麼熱絡，半客套地說。

「不了，明早還有事情。」鄧山說。

「那麼……約翰。」鄭倫說：「你送鄧先生下山。」

「好。」約翰站起說，臉上不知爲何露出喜色。

「不用了，我自己可以下山的。」鄧山其實打算飛下陽明山，但此時自然不能老實說。

「噢，不行。」約翰一面搖手，一面說：「你特別跑來一趟，一定要送的，這麼晚的時間，計程車不好叫，怎麼可以讓你自己走下山？別客氣、別客氣。」一面說，約翰還偷偷對鄧山擠了擠眼要他答應，也不知道什麼意思。不說出自己會飛的話，確實是不大好拒絕，鄭倫雖然不大相信自己，卻也還算客氣，鄧山也只好接受了他們的好意。

不久之後，約翰從地下室駛出一台銀灰色中型房車，載著鄧山沿路下山，繞過了兩個彎之後，約翰突然長噓了一口氣：「你來了，眞是太好了。」

「怎麼了？」鄧山莫名其妙問。

「主任、院長他們怕對方已經追來，除了有事情之外，不准我們隨便離開屋子。」約翰嘆氣說：「我已經兩個月沒下山，悶死了，今天若不是你來，也沒機會下山。」

原來如此，鄧山好笑的說：「這種時間下山能做什麼？」

「當然是去發洩一下。」約翰笑說：「我可是正常的男人啊，一起去吧？我請客。」跟著對鄧山擠眉弄眼了一下。

鄧山搖搖頭說：「我沒興趣，謝了。」

「別跟我客氣啦，一起去，一起去。」約翰笑說：「這種事情一個人去多寂寞啊？」

「我眞的沒興趣。」鄧山推搪說：「而且我長輩還在加護病房，我現在沒什麼心情。」

「啊，我倒忘了。」約翰拍了自己腦門一下，跟著說：「那麼你的飯店在哪兒？我先送你去。」

「不用了，路旁停下就好。」鄧山說：「時間還早，我當作散步回去。」

「散步？就在這附近嗎？」約翰吃了一驚。

「我走很快的。」鄧山微微一笑：「你去忙你的吧，難得有機會下山。」

約翰想起鄧山的能力，呵呵一笑說：「那我就不客氣囉。」一面把車停靠在路旁。

鄧山和約翰分手之後，一個人在路上晃了晃，這兒是重慶北路的北端，一路往南走，到萬華也不過幾公里路，鄧山反正不急，就這麼一面想著事情，一面踱步時，突然金大在他腦海中嘿嘿地笑了幾聲。

「怎麼了？」鄧山問。

「你不想去惹麻煩，麻煩自己上門囉。」金大得意地說。

鄧山微微一愣，心神往外散出說：「有人跟蹤嗎？」

「從山上就一路跟下來。」金大說：「本來四個人，現在分兩個人跟你。」

兩個人？自己怎麼一點都沒察覺？鄧山心神往外散出，一面說：「是天選中心的人嗎？」

「感覺上像是監視那房子的人。」金大說：「本來埋伏在屋外，跟著我們下山的。」

也對，如果是天選的人，沒必要監視約翰，莫非他們的對頭遁能企業已經追來了？不過，

鄧山一面體察，一面疑惑地問：「在哪兒？我怎麼感覺不到？」

這種時間、這個路段，行人已經不多，鄧山感應到幾個路人，都不像跟蹤自己的模樣，不

禁有點疑惑。

「在空中飄著呢，比神使還邪門。」金大說：「你太不小心了，只把心思放在路面上……別抬頭！你沒穿那鞋子，用翅膀追不上他們，先裝不知道。」

「空中？」鄧山微微一驚，心念隨之轉移，這才注意到上方近百公尺處，果真有兩個人憑空懸浮著。最讓人吃驚的是，鄧山居然感應不到使他們飄浮的能量，只能察覺到那兩人體內蘊含著的普通能量。

「好奇怪，那兩人怎麼飛的？」鄧山訝然說。

「所以我說邪門吧？」金大說：「神能都還可以感應到，這不知道什麼鬼能量？」

「難道這就是所謂的遁能？」鄧山心中微慄：「我本來還不大相信有這種東西。」

「你覺得那老頭騙你？」金大說。

「該說我很難接受。」鄧山說：「你還記得他說那些礦工被吸了一天，累積的能量接近一個電廠十分之一的日產能，那能量可不少，要是眞能存在一個人體內，那人等於可以隨手毀掉幾個城市。如果眞有一群這樣的人存在，應該早有人被恐怖組織吸收了，現在這世界哪還會這麼和平……」

「說不定不是存在某人體內。」金大說。

「唔？」鄧山微微一怔：「你意思是，好幾個人一起吸的？」

「這也有可能。」金大說：「不過，他們不是說可以儲存了嗎？只要一面吸一面存就好了，能夠在人體外儲存使用，就是一種很大的進步，要是內氣可以多存個兩三份帶著，用光了再拿出來，那多方便啊，不用省著用了。」

「啊。」鄧山被金大這麼一點醒，點頭說：「你說的對，看樣子他們可能才剛研究出儲存的方法，所以才會發生這一連串的事情……我本來還在想怎麼這麼巧。」

「現在怎辦？」金大說：「回家去拿鞋子？不然打不到會飛的。」

「別只想打架。」鄧山沒好氣地說：「對方又不認得我，把他們甩掉就好了。」

「太可惜了吧！」金大不甘願。

鄧山搖頭說：「要是連累到語蓉她們，可就糟了。」

「好吧。」金大說：「想好辦法再甩，否則對方發現形跡敗露，大概就會動手了。」

「嗯……」鄧山稍微加快了腳步說：「等到了高樓比較多的地方才好溜。」

很快地，越來越接近熱鬧的台北車站周邊，這兒附近大樓林立，那兩個會飛的傢伙，似乎也因此飛得更高了。鄧山一時想不出來該怎麼開溜，眼看路旁一間營業到天明的豆漿店，鄧山索性走了進去，叫了一碗熱呼呼的豆漿，外加一套燒餅油條，坐下來休息休息。

「我仔細體會，他們體外似乎眞有種怪怪的能量在作用，但是很不明顯。」鄧山等餐的時候，對金大說。

「嗯……從你察覺的那一剎那，我剛就在想這個問題……」金大說。

「什麼意思？」鄧山問。

「我因爲和你感覺是聯繫的，所以我知道你感受到了東西。」金大說：「但是我感受不到，又不是神意之類的……既然是能量，我爲什麼感覺不到？」

「怎會？」鄧山訝然問。

「眞的啊。」金大說：「很奇怪……」

「反正先甩掉他們再說……」鄧山說：「最好是不要涉入這件事。」

金大卻說：「但是……看樣子剛剛那老頭說的話挺多可信的，你確定不管這件事嗎？」

「唔……」這話可讓鄧山有點煩惱，鄧山個性本有點古板，也可以說有點莫名的正義感，如果當眞是犧牲無數的人才能取得這種能量，要鄧山當作沒事一般地離開，確實大違本性。

鄧山思索了半天，終於說：「現在語蓉、語蘭還需要我幫忙，我若是同時插手這件事，難免會牽連到她們……等柳媽媽的病況穩定，我不用和她們姊妹碰面之後，再想辦法查出事實吧。」

此時食物送來，鄧山一面吃，一面感受著那兩人的位置，發現他們並沒有因爲自己走入建築物中而飄落，這樣問題就容易解決了。鄧山吃飽喝足後，和老闆稍作商量，旋即從廚房走出後門巷道，逃之夭夭。

現在得快點離開這附近才行，鄧山在巷道中加快了腳步飛掠，直到穿過另外一條大街才放慢了腳步，繼續向南走。

一面走，鄧山一面用心神觀察著對方，那兩人應該是完全沒發覺自己離開，現在還在原來的地方飄飛。又奔走了一段距離，因爲距離越來越遠，鄧山慢慢無法感受到他們的位置，也漸漸安心下來。

那兩人現在應該到處亂飛尋找自己吧？爲了怕引人注意，自己又不敢全速奔跑……鄧山心念一動，揮手攔了計程車，囑咐車子往萬華駛去。雖然這時間那兒也沒什麼好逛的，但是南方醫院和柳語蓉家都在萬華附近，到了以後再看該怎麼殺時間。

坐在車裡的鄧山，心裡還挺得意的，那兩個人看到滿街都一樣的計程車頂，總不可能把自己找出來吧？正想的時候，鄧山突然感受到遠遠一股異樣、陌生的能量突然從空中冒出，正迅速地斜向下方疾飛，和剛剛感受到哪兩人身外的能量似乎很接近……

「停車。」鄧山突然叫了一聲。

「啥？」司機吃了一驚，放慢了車子的速度，正想詢問鄧山時，車子前方數公尺遠，突然無端端地爆起一股強大的能量。

轟隆一聲巨響聲中，大片黃土泥沙四面飛散，司機一面亂叫，一面連忙緊急煞車。在煞車聲尖嘯的同時，一塊腦袋大小的柏油路面，砰地一下飛砸入擋風玻璃，眼看就要轟到司機腦門，鄧山連忙探身拍出一掌，打飛那土塊的同時，帶起的勁風，連那已碎裂的擋風玻璃都被激得整片往外脫落。

此時車子好不容易停了下來，司機望著自己前方空蕩蕩的車窗正在傻眼，口中不斷地胡言亂語，除了有些聽得出來是國罵，其他倒也不好分辨。

鄧山也不囉唆，急忙掏了張鈔票塞到司機手中說：「我坐到這就好，不用找了。」說完不等司機回魂，開門往外飛奔而出。

此時四面塵土飛揚，氣流四溢，柏油路面炸散了一大塊，露出底下的黃土，周圍的住家紛紛開窗往外探視。鄧山抬頭一望，果然見到空中兩個黑影正悠悠然地飄來，鄧山這可眞起了火氣，若不是自己及早發現，這一團能量砸到計程車上，自己也許沒事，那司機豈不是慘了？鄧山恨恨地瞪了那兩人一眼，快速地向著路的另外一端奔跑。

跑沒兩步，又是一團能量從空中轟來，還好鄧山感應得到，閃避並不困難，只不過路面又被炸凹了好大一個坑。

「不扁他們嗎？」金大哇哇叫：「他們好像想幹掉你耶？」

「怎麼扁？」鄧山一面跑一面說：「用金靈飛上去不行吧？」金靈飛行靠的是鼓翅與滑翔，而對方卻是憑空飄浮，可以任意移動，能做的動作差太多，打空中戰會吃大虧。

「早知道該把那飛天鞋子帶著。」金大咕噥地說：「還有還有，看到有水的地方，記得讓棍子吸水。」

「知道了。」鄧山此時奔到了一個十字路口，閃過一個能量團的同時，鄧山選了個有騎樓的街道衝去。此時也顧不得紅燈不紅燈，鄧山飛跳過一輛疾駛而過的轎車，鑽入騎樓下，藏身到柱子之後，如此一來，對方還想攻擊自己的話，就得降低到一樓的高度。

「這不是水龍頭嗎？」金大嚷嚷。

鄧山百忙中看了一眼說：「那上面鎖住了。」一般在屋外的水龍頭，爲了避免被人濫用，可能會設計成可鎖的形式，這個水龍頭正是如此。

「你傻了嗎？扭開啊。」金大說：「還是要我幫你開鎖？」

「啊。」鄧山還眞的沒想到。

此時性命攸關，不能顧忌這麼多小細節，鄧山當下運勁於指，輕輕扭斷了鎖頭，打開水龍頭，一面將花靈棍放在水柱下，運勁內吸。心中一面慶幸，還好昨日中午急忙收拾東西時，有順手把這小棍子放到口袋裡帶來；至於那個銀色玩具，因爲要掛在腰間，鄧山反而因爲嫌麻煩沒帶，否則也不用吸水了。

花靈棍吸水和排水的速率，和內息強弱頗有關係，鄧山當時被「家主祕殿」好好灌了個飽，內息量大增，比起那個世界的頂尖高手雖還有一段距離，卻也已經不能小覷，此時只花了幾秒的時間，便讓花靈棍迅速漲大，足堪使用。

鄧山關了水龍頭，一面對金大說：「他們好像不敢過來。」

「嗯……」金大回答難得有點遲疑。

「怎麼了？」鄧山一面觀察著對方的位置，一面詢問：「你想接手嗎？」

「我當然想！」金大一秒都沒停頓，馬上冒出了這四個字，但是他隨即說：「可是我……」

「你要故障罷工嗎？」鄧山心念一轉說：「不對啊，你前天才故障過，還沒這麼快。」

「不是……」

說到這兒，鄧山感覺到對方又是一團能量轟來，對方的目標居然直接對準柱子，依照前幾次的經驗，這一下這水泥柱恐怕都會被打斷。鄧山不敢停留，迅速移動到另一根柱子後，同時那股能量轟地一下將水泥柱炸裂，騎樓下停放的摩托車被炸得四面翻滾，同時那區域的騎樓上方跟著產生龜裂，撲簌簌的白灰粉末往下飛灑，一個好好的大樓霎時變成危樓。

要是再多打斷幾根水泥柱，這大樓豈不是要塌了？這些人太過分了。鄧山不願意連累無辜的人，轉身加快腳步飛奔。一面跑，鄧山一面說：「你剛說什麼說一半？」

「我感覺不到他們那種能量。」金大生氣地說：「我接手的話，怕慢半拍。」

「喔？」鄧山有點意外地說：「當我一感受到，你不就立即知道嗎？」

「雖然理論上是同時，但是反應上還是會慢半拍。」金大說：「就像我控制你身軀運作，也多少會慢上一點……這兩個加起來，實力就會打個六、七折了；加上這敵人又有點詭異，實力不明，我隨便接手不大妥當。」

「原來如此。」鄧山點頭說：「那麼還是小心點，我先應付。」

「你別用全速跑和閃。」金大說：「跑慢點。」

什麼古怪建議……被打到怎辦？鄧山莫名其妙地問：「爲什麼？」

「這樣才會有機會。」金大說。

雖然一時還聽不大懂，不過，金大絕對不會害自己倒是可以確定。鄧山也不多問，放慢了速度，一面奔跑一面說：「明天不知道新聞會怎麼說，希望附近沒有什麼監視器……啊，你幫我改一下長相。」

「改長相？」金大不明白鄧山的意思。

「就是眼睛拉長點，鼻子高點，嘴巴大一點、額頭禿一點之類的，總之，是稍微隨便調整一下。」鄧山說：「這樣就算被拍到，也看不出來是我。」

「喔喔！了解了，這個好玩。」金大馬上開始動作，不過，因爲金靈部分是服貼著鄧山皮膚，他倒是一點也感覺不出自己臉上有沒有什麼改變。

鄧山又逃過了兩條街，一直找不到機會反擊，而那兩人一直打空，也漸漸減少了攻擊次數。他們一直緊追著鄧山的同時，似乎也漸漸在縮短距離、降低高度，也許他們察覺到，攻擊距離太遠，鄧山似乎不難閃避。

遠遠地響起警笛聲，不知道多少台警車正往這邊趕，若給警察趕到，在地面跑的自己可會先倒楣。鄧山聽著警笛聲，一面選相反的方向跑，一面忍不住偷笑，看來警笛是用來通知逃跑方向的？

正跑間，金大突然又說：「西邊跑。」

西邊？那邊是西邊？鄧山到處亂逃，早已經失去方向感。

「你的左後方。」金大補了一句。

左後方……鄧山一轉頭，只見一整片高樓，不禁傻眼說：「翻過這高樓嗎？」

「繞過去吧。」金大說：「現在跳高危險。」

「嗯。」鄧山說：「那兒有什麼？」

鄧山一面轉向，金大一面說：「那兒人類的能量反應很少，一般生物能量比率大幅提高，應該是森林，到那邊去打。」

「森林喔？大概是公園。」鄧山對台北其實不熟，加上剛剛這一陣亂跑，早已搞不清楚自己的位置，更不知道那是什麼公園。

照著金大的指示，鄧山很快找到了金大口中的森林。鄧山一跳翻過圍欄，躲在一株樹後停下說：「在這兒打？」

「嗯，可惜這兒樹木少了些。」金大抱怨說。

「人工的難免。」鄧山說：「不過，在這兒至少不怕傷到路人。」

「剛剛要你速度放慢，這樣對方該比較敢接近你。」金大說：「等到距離夠近，有機會就全速出手，不過，一次要把兩個人都打下來，否則跑了就追不到了。」

原來放慢是爲了騙人，金大果然是老奸巨猾。鄧山說：「跑了的話就算了呀。」

「什麼老奸！不要偷罵我……他們好像總能追到你。」金大說：「可能有什麼類似追蹤器的東西，但是我找不到。」

「嘖，好像是……看樣子只能兩個人都打下來……」鄧山嘆了一口氣，皺眉說：「唔，他們分開了，這該怎麼打。」

卻是那兩人忽然分成一前一後，堵著鄧山的前後，這才緩緩飄降，停在大約十餘公尺高的空中，凝視著鄧山。

異世遊

還好沒看到奇怪的犬齒

一直以來，鄧山都在逃跑，根本沒時間看對方，此時好不容易從樹枝之間往上瞧，卻見兩名身材普通、打扮相同的短髮男子。這兩人一身黑，黑皮鞋、黑色長褲，上身還裹著一件黑色及膝風衣，臉上都帶著一個黑色大口罩，根本看不出長相。

鄧山看清兩人，對方也看清楚了鄧山，兩人眼神微微一變，皺眉對看一眼，雖然因爲口罩看不到表情，卻仍能感覺到他們吃驚的神色。鄧山不由得暗暗懷疑，不知道金大把自己的臉變成什麼模樣……

此時鄧山對面那人緩緩開口說：「不管你跑多遠，我們都能找到你，別浪費時間。」

聽起來眞的有在自己身上搞什麼怪機關，不過只要是會放出電波的，應該都瞞不過金大才對，說不定和那所謂的遁能有關係。鄧山思忖了一下說：「你們……追我做什麼？」

「你是台灣人？不是內地過來的？」那人突然沒頭沒腦地說了這一句。

「是啊，怎麼？」鄧山說。

「天選研究中心沒有這麼年輕的台灣人。」那人說：「但你也不是普通人，你是他們最近在這兒吸收的？」

「我不是天選中心的人。」鄧山皺眉說：「你們是誰？」

「你怎麼發現我們在追蹤你？」黑衣人問。

這混蛋，我問的問題從不理會，自己倒是問個不停，想到剛剛一路被追打，鄧山火氣漸漸冒了起來，哼了一聲說：「我的問題，你如果一味忽視，那就不用多囉唆了，我不和這種沒禮貌的人說話。」

黑衣人怔了怔，眉頭一挑，不見他身體有任何動作，卻有一股看不到的怪能量，無聲無息地從他掌中浮出。鄧山長棍往上一指，怒叱說：「夠了，只會偷襲的傢伙，給我停手，你們今晚破壞的還不夠嗎？」

那人一怔，還眞的沒揮出那股能量，鄧山身後另一個黑衣人卻已經驚呼一聲說：「你眞能感應得到？」

身前那人掌上的能量緩緩斂去，目光注定鄧山說：「難怪你能一路躲開我們的攻擊，你不該是敵人。」

「我本來就不是敵人。」鄧山說：「是你們無緣無故跑來找我麻煩。」

「不，我的意思是，你必須成爲我們的人。」黑衣人說。

未免太自以爲是了，和這種人說話實在會短命，跟他吵架，他說不定還覺得無辜。鄧山嘆口氣，搖手說：「夠了，我們誰也別干涉誰，各自走各自的路就是了。」

「嗯，如果你堅持不同意，我們可能沒法對付你。」黑衣人這次倒是聽得懂人話了，鄧山才覺得有點欣慰的時候，卻聽他接著說：「需要更高級的遁能者才能說服你，那麼只好到時候再來拜訪。」

果然是遁能者……呃，剛剛這話的意思是……他們隨時可以找到自己？鄧山沉聲說：「你到底在我身上玩什麼花樣？」

「你雖然有感應到遁能的天分，但是因爲還沒受到啓發，只能感應到部分性質轉化、具有攻擊力的遁能量，但原始的遁能質，你是無法感應的。」黑衣人得意地說：「你身上有我附上的遁能，在這股能量消散之前，我隨時都可以掌握你的方位。」

這樣豈不是完蛋了？鄧山微微一呆，卻聽金大開口說：「打昏他們。」

打昏？鄧山有點意外，金大接著說：「讓他們昏個三天三夜，那怪東西總該消散了吧？」好主意。

鄧山目光轉了轉，對黑衣人說：「你說要受到啓發才能感覺得到，怎樣才能啓發？」

「加入我們之後，自然會幫你啓發。」黑衣人接著說：「還有許許多多說不盡的好處……總之，你絕對不會後悔的。」

「那麼……遁能是怎麼來的？」鄧山試探地說：「靠修練嗎？」

「等你加入以後自然就會知道。」黑衣人說：「你如果已經想通了，就別在這兒浪費時間，我們會帶你去組織。」

鄧山很想直接詢問所謂的遁能是不是吸收他人的生命力而來，但這麼一問，對方就很清楚自己和天選研究中心的人商談過此事，那時想再抽身，恐怕是更困難。鄧山看看對方兩人的位置，兩人都在十公尺高左右，一前一後，兩人分隔大概也差不多十公尺，自己全力一撲，躍衝上十公尺高倒不困難，問題在於打昏一人之後，另外一人該怎麼應付……

「用棍法。」金大說：「外發的招式。」

「你不是說，那種招式能發不能收，不能亂用？」鄧山問。

「這種情況不用不行。」金大說：「而且既然隔這麼遠，該打不死他。」

只好這樣了，鄧山鼓勁於棍，迅疾地在身前一旋，抖出一片棍影，同時內氣往外鼓漲，狂嘯聲中，那彷彿大片的內氣脫棍而出，向著身前的黑衣人衝了過去。同時鄧山轉身一彈，往身後另外一名黑衣人衝去，卻是鄧山覺得身前這人說話比較沒禮貌，所以讓他吃比較痛的功夫。

而兩名黑衣人沒想到鄧山突然發難，那片脫棍而出的氣勁，只一瞬間就轟上了那人的上半身，黑衣人一昏，頭上腳下地往下便摔；而同一瞬間，鄧山也已經出現在另一人的面前。

那黑衣人大吃一驚，一面往後飛退，一面從全身冒出奇怪的能量，可能就是所謂的遁能，不過那些能量還沒來得及蝟集，鄧山已經一棍敲到了對方腦門上，那人身子一軟，馬上往下摔。

哎呀！鄧山這才想到，這兩人可都在空中，這十公尺摔下去，可別把人摔死了……鄧山連忙將眼前這人抓住，飄落的同時急忙回頭看著另外一人，卻見那人正一路撞跌著樹幹，斷枝折木、聲勢浩大地滾落。

鄧山落地一躍，飄到摔慘的那人身側，只見他衣衫碎裂，渾身都是撞擊擦傷與裂口，連口罩都已經不知道滾落到哪兒去了。鄧山探了一下他的鼻息，發現他呼吸倒還十分正常，當下稍微安心，轉頭再觀察另一人的狀態。

「唔……」沒想到這人卻呻吟出聲，眼瞼微動，卻似乎快要清醒過來。

鄧山又吃一驚，連忙在那人後腦杓再多補了一掌，讓他繼續沉睡，一面對金大說：「我打太輕了嗎？」

「不會吧。」金大說：「我感覺還挺恰好的，也許這人腦袋比較硬。」

真奇怪，鄧山又望向另外一人，卻發現更奇怪的事情，那人身上那一道道帶著血絲的撕裂傷口、青紫腫傷，居然正在緩緩地收口復元中。鄧山從沒看過這種事情，吃驚之餘，忍不住扳開對方的嘴上下張望。

「你在找牙齒？」金大感應到鄧山的部分思緒，訝異地問：「找不到尖牙齒？什麼意思？」

「沒……沒什麼。」鄧山尷尬地說：「我以為這世界還眞的有吸血鬼，傷口這種復元方式，好像在拍電影一樣……還好沒看到奇怪的犬齒，否則我眞要以為……」

「結果不是？」金大問：「吸血鬼是什麼？」

「一種怪物。」鄧山說：「傳說靠著吸人血就可以長生不死的活死人，而且受傷也會快速復元，他們會長出兩個又尖又長的犬齒，通常是在人類的脖子上打兩個洞吸血……」說著說著，鄧山不耐煩了，揮手說：「反正這種故事是胡扯的，因為古人不了解血液，認為裡面含有生命力，所以才產生這種傳聞故事……現在人體血液，已經可以用白色的人造血液取代了……哈哈，不知道吸血鬼吸到人造血液會有什麼反應？」

「就算是胡扯也很奇怪，為什麼要長出犬齒？」金大又說：「犬齒也不是用來打洞的，是用來撕裂、割裂肉塊的，要吸血該學蚊子，把嘴巴變成吸管。」

「不過說到這兒……」鄧山說：「如果很久以前就有這種能力者，可以吸收他人生命力成為遁能使用和治療自己，再加上一些活人鮮血獻祭的儀式，從而產生吸血鬼的傳聞，也不會很奇怪了。」

「那吸血鬼怕什麼呢？」金大挺有興趣：「會不會這些傢伙也怕？」

「不可能啦，傳說沒幾個可信的。」鄧山雖然這麼說，還是解釋說：「好像怕陽光、大蒜還有銀……啊，怕不怕銀我搞不清楚，怕銀的好像是狼人……」

「狼人！那又是什麼？」金大越來越興奮。

「原來你喜歡這種東西，我晚上去租兩捲吸血鬼錄影帶看好了。」鄧山好笑地說。

「我是在找這些人的弱點。」金大說：「如果他們眞的怕大蒜，那麼送他們兩顆，也許就可以昏上三天了。」

「沒這麼好吧。」鄧山呵呵笑說：「會有那種傳聞，只因爲這些都可以殺菌，古代人們連殺菌的原理都搞不懂，發現這些東西有維持潔淨的神奇效果，自然就認爲可以驅邪了，尤其是銀最明顯，所以別太認眞。」

「喔，原來是這樣。」金大說。

「我倒想問你，內氣繼續修練下去，能以這樣的速度恢復傷口嗎？」鄧山望著那人身上一個個完全收口的傷痕，狐疑地問。

「修練提升的代謝速度沒這麼快……通常是因體魄強健，不畏懼一般病菌與異物，使得恢復速度比一般人快。」金大說：「只有氣血、經脈之類的創傷，能藉著內氣運行快速調整……」

「這樣……」鄧山沉吟說：「那所謂的遁能，可能眞和『生命力』脫不了關係。」

「聽說神能也能提升痊癒速度喔。」金大說：「下次可以問問那小子，不過，神能性質上和內氣就相似多了，不像這怪能量，我完全感受不到。」

「他們說我有天分，可以去讓人啓發咧。」鄧山輕鬆下來，有三分得意地說。

金大卻一點都不給面子，哼聲說：「你這種個性，讓你吸別人生命力，還不如叫你自殺比較快。」

「也是。」鄧山呵呵一笑說：「我確實沒興趣，唔，這傢伙快醒了。」衣衫破碎的黑衣人，又被鄧山敲了一下。

「醒得還眞快。」金大說。

「不過，這人身上的傷都快痊癒了，看了眞有點羨慕。」鄧山皺眉說：「而且，想把他們打昏三天三夜好像挺難的。」

「捆起來呢？」金大說。

「那還要來解開他們。」鄧山抓抓頭說：「怎辦？我想不出辦法。」

「不然就殺了他們囉。」金大說。

「別胡說。」鄧山一拍手說：「打電話問問約翰好了。」

鄧山拿出行動電話。鈴聲響了好片刻，直到轉成語音信箱，都沒人接聽。鄧山正感迷惑，金大已經開口說：「我猜……他正推到緊要關頭吧？」

「啊……」鄧山這才想起約翰跑去做啥，不由得有點好笑，鄧山也不管會不會打擾，重新又撥了一次電話。

這次依然是響了挺久，不過電話總算是接通了，鄧山喂了兩聲，那端卻沒出現聲音。又過了幾秒，約翰才氣息粗重地說：「來……來了，原來是鄧山……找我什麼事？」

「不好意思，打擾你了，有急事。」鄧山說。

約翰呼吸聲又重又喘，不過似乎並沒生氣，他喉嚨似乎有點沙啞，乾咳了兩聲才說：「沒關係……剛……剛忙完……什麼急事？」

「我抓了兩個跟蹤我的遁能者。」鄧山說。

「嗄？」約翰驚呼一聲說：「你抓了兩個？怎麼抓的？他們會飛耶，真的抓到了嗎？」

「嗯，總之是抓到了。」鄧山說：「可是很麻煩，打昏了一下就醒來，該怎麼辦？」

「對！對對……眞的是遁能者。」約翰連忙說：「要讓他們一直受傷，直到傷口沒法快速復元，就代表他們的遁能已經消耗光了。」

千刀萬剮嗎？就算他們痊癒得快，也是會痛吧。鄧山頗有點不寒而慄，搖頭說：「我做不到這種事，能不能只綁著他們？」

「不行，他們一醒過來，只要使用遁能，隨便都可以鬆綁。」約翰說：「遁能其實和我的念動力是類似的，都是以心念操控，綁手腳並不能阻止他們運用，一定要先把遁能耗光。」

「帥哥。」約翰那兒突然傳來一個慵懶的女子聲音：「要加時間嗎？」

「呃……鄧山，你等等。」約翰那兒安靜了好片刻，也不知道是不是掩住了收音口，鄧山搖頭等待的時候，又對那兩人各補了一掌。

「好了好了。」忙完的約翰出聲說：「這樣吧，你在哪兒？我去找你。」

「不大妥當。」鄧山說：「當時跟蹤我們下山的有四個人，其中兩個跟著我，另外兩個跟著你，你一來，那兩人八成會跟來，讓他們發現可就麻煩了。」

「嗄？也有遁能者跟蹤我？」約翰說：「你怎麼不告訴我？」

其實鄧山那時還不知道，不過現在不能這麼說，鄧山只好搪塞地說：「我本來不想把事情鬧大，而且反正你……去發洩……也不怕人跟蹤，沒關係吧。」

「這……」約翰說：「那你怎麼突然改變主意，擒下他們呢？」

「因爲他們一直跟著我不放啊。」鄧山說：「說用什麼原始遁能質追蹤我，甩都甩不掉……」

「喔，那個有效時間大概是兩個小時。」約翰說：「不過只要他醒著，就可以隨時遠距離補充……」

這倒是個好消息，也就是說，如果自己連續把他們敲昏兩小時以上，就可以開溜了。鄧山一面安心了些，一面問：「遠距離是多遠？」

「無限遠，所以當初一反目，大部分的重要人物都沒能逃掉。」約翰說：「還好我們這邊也有遁能者，可以消掉那股能量，否則鄭主任大概也逃不出來。」

原來天選中心這兒也有遁能者存在？鄭倫剛剛說的時候，可是一點口風都沒透露……雖說算不上自己人，但是那老頭說得這麼義憤塡膺，一副正義使者的模樣，卻不知天選中心這兒的遁能者，他的遁能又是從哪兒吸來的？說到底其實都是一丘之貉……

鄧山搖搖頭說：「我明白了，就這樣吧，我自己處理。」

「什麼？」約翰意外地說：「你要怎麼處理？」

「敲他們兩小時囉。」鄧山說：「反正天亮之前，我也沒什麼事情，兩小時後我放了他們，躲遠點就好了。」

約翰遲疑地說：「可是……若是將他們交給我們，對我們幫助很大……」

「還是算了吧，畢竟我還不是他們的敵人。」鄧山說：「把他們交給你們，實在有點說不過去。」

「這……如果你堅持的話。」約翰無可奈何地說。

「謝謝你。」鄧山頓了頓說：「如果和這些爭鬥無關的事情，有什麼需要我幫忙的，可以隨時告訴我。」畢竟鄧山頗感激約翰告訴他這些訊息，否則還不知道得敲這些人腦袋多久呢。

「不客氣。」約翰苦笑說：「看來我們日子也不長了……也許以後沒機會和你碰面了。」

「怎麼這麼說？」鄧山說。

「連我這種小人物都派兩個人跟蹤，可以想見他們已經來了多少人。」約翰說：「我們已經沒地方逃了，只能等死了。」

「這……」鄧山聽到這話還眞有點不忍心，正遲疑間，約翰卻強笑說：「其實也不用太擔心啦，聽說他們還會顧念一點當年的交情，只要投降的話，不會吃什麼苦……」

「如果眞的完全沒有抵抗能力的話，爲什麼你們不化整爲零呢？」鄧山說。

「畫成什麼零蛋？」約翰中文雖好，一些不常用的成語還是有點陌生。

「化整爲零。」鄧山解釋：「就是不要聚在一起，保持著聯繫、分散到世界各地，這樣依然能維持住實力，何必聚在一起，讓人一網打盡？」

還好約翰似乎聽得懂一網打盡，沒提出新的疑惑，他遲疑了片刻說：「上面的想法我也不是不知道，他們是認爲，等世界各地天選中心的人都集合到這兒後，應該可以和對方對抗，而如果我們現在馬上躲起來，那些人就找不到我們了。」

「也是有點道理。」鄧山說：「那你怎麼這麼悲觀？認爲一定打不過。」

「遁能者的能力太強了……」約翰苦笑說：「算了，反正你不涉入也算聰明，說太多對你也不好。」

雖然這本是鄧山的期望，但聽到約翰這麼說，鄧山卻也無言以對，兩人結束了通話。鄧山將那兩個倒楣的遁能者拖到森林暗影之中，稍有反應就往腦門轟，一面思考著今晚的事故。

今日若只是和鄭倫會面，以鄭倫那種說話不盡不實，又一副對鄧山不怎麼信任的態度，鄧山是不怎麼介意他的死活。不過，約翰對自己倒真是挺夠意思的，加上遁能者既然真有其事，當真不理會的話，確實可能會有不少人受害。想到此處，鄧山不由得當真興起一點想幫忙的念頭……只是現在柳語蓉、柳語蘭兩姊妹更需要自己，爲了這兩人，就算是世界的未來也只能先排第二，等兩姊妹的問題處理妥當再說。

不過雖然心中這麼想，鄧山難免還是有點心虛和掙扎。正遲疑間，金大突然出聲說：「我跟你說啦……怪能量的人，也在等他們集中，這樣可以一次搞定，所以才會監視每個離開的人。」

這話有道理，鄧山大表佩服，畢竟金大不是白活了幾百年，鄧山當即對金大說：「你覺得怎樣？」

「不怎麼樣。」金大興趣缺缺地說：「這種怪能量我感覺不到，不大敢出手，既然有架只能你打，我就沒意見。而就算眞要打，看氣氛還會拖一段時間，你可以先等看看小女人的娘死了沒。」

「你這烏鴉嘴……」鄧山嘆息說：「要是柳媽媽眞的不幸，不敢想像語蓉會多傷心……」

「人總是會死的。」金大說：「就算會悲傷，也只是一段時間，過去就好囉。你若是眞以爲沒有你在，她們就沒法處理，那也未免太不理性了。」

「你說的對……」鄧山點頭說：「她們並不是當眞需要我……只是我一定要幫忙，我過去很對不起語蓉……我……」

「好啦好啦，幫就幫，別想了，越想越難過。」金大打斷鄧山說：「我倒有一件事情得和你商量。」

鄧山一怔說：「什麼？」

「上次入家主祕殿，到今日，已經過了兩個月了。」金大說：「這兩個月，我一直保持週期性失控的狀況，但也因此，我發現這樣對你比較好。」

「比較好？」鄧山說：「哪一方面。」

「內氣的刺激。」金大說：「在這症狀前，我是整天不斷對你灌入內氣，並刺激全身穴脈，現在我才發現，中間稍停一下，似乎效果更好一點，畢竟人類的身體，偶爾還是需要休息一下。」

「喔？」鄧山說：「這是好事啊。」

金大說：「嗯，這樣過了兩個月，你的內氣量雖然不斷增加，但是身體其實已經準備妥當，可以再經歷一次質的轉換。」

「像上次一樣嗎……」鄧山想起上次把整個床單弄得都是汗的往事。

「完全不同。」金大說：「上次是打通全身經脈，既然已經打通了，就不用再通了，這次比較像家主祕殿那次……」

「什麼？」鄧山吃了一驚說：「那次不是差點就……差點就……」

見鄧山說不下去，金大一點都不給面子地接口說：「差點一直高潮到死，還好有色心抑制劑救你一命……不過這次不會啦。」

鄧山老臉發紅說：「爲什麼不會？」

「上次是祕殿中的龐大能量拚命擠入你體內，才會這樣。」金大說：「這次要靠你自己慢慢引入，所以問題不在於後半段，而是在前半段。」

「前半段？」鄧山還是聽不懂。

「就是改變內氣的結構形式，從而提升強度。」金大說：「家主祕殿使你內氣全失，當你進入之後，再強迫性地補入。此時你的內氣，除了含量被迫大幅提升之外，內氣結構也隨著祕殿中的內氣而變化，但是這次得靠你自己存想內氣，使之變化……這我有點擔心。」

「擔心什麼？」鄧山問：「聽起來風險比上次小。」

「你根本沒練過內氣，都是我在幫你練的。」金大沒好氣地說：「要你定下心來觀想幾天，你定得下來嗎？」

「唔……」鄧山當然也沒把握，想了想，鄧山笑說：「也沒關係啦，若是當眞定不下來，就不要提升囉，也許不需要變這麼強。」

金大說：「如果有哪個會飛的傢伙，把你的語蓉妹妹或語蘭姊姊搶到高空中威脅你，你又跳不了這麼高，那怎辦？」

「這種問題太過分了啦！」鄧山忍不住翻白眼說：「再怎麼練，也會有我跳不到的高度啊。」

「反正越強越好，至少要盡力。」金大說：「若有天遇到事情，就只差那一點內氣，你日後後悔一輩子不打緊，我的情緒還得跟著受連累，未免太不划算。」

「呃……」鄧山被說得無言以對，只好說：「定心觀想對吧？那等我有空的時候就做囉。」

「有空還不夠，要準備好幾天的時間。」金大說：「這一關邁過去，你差不多也算是頂尖高手了，只要你手上有棍，再加上我沒失控可以幫你運出黑焰氣，就算回到那個世界，能打贏你的人就很少了……除了……」

鄧山等了半天，卻沒聽到金大接著說下去，不禁問：「除了什麼？」

「除了那小子……」金大說：「要是那小子變成敵人……嘖，打不過，太強了，眞是沒辦法……」

「誰啊？」鄧山一頭霧水。

「還有誰？」金大說：「就是神國那小子。」

「啊，你說谷安？」鄧山呵呵笑說：「要他變成我的敵人很難吧，他比我還像好人。」

「那是另外一回事。」金大說：「你內氣再次提升後，雖然仍有些老頭可能比你強，但是強也強得有限，靠著精妙的招式還可以抵禦，就算打不贏也不容易輸。但是那小子的神能含量卻是……完全不同的層次……根本沒得比，更別提他用起招式簡直像天才一樣……萬一有天你眞的和他翻臉，我看如果偷襲失敗的話，直接投降比較快。」

鄧山雖然並沒想和谷安比高低，但聽金大說成這樣，也不禁有點疑惑地說：「谷安眞這麼強？」

「對啊，天生怪胎！」金大說：「否則神國幹嘛特別把他抓去關起來？那次要不是我們插手，他就得被抓回去了，這種人的存在會破壞世界的平衡！」

「反正現在不用再回去那個世界了，這些事情不用去想。」鄧山望望手錶，又看看地上昏迷的兩人說：「他們越醒越慢，看樣子遁能耗掉不少了。」

「身體復元消耗的能量好像挺多。」這個話題金大也有點興趣：「他們剛剛攻擊你，一團團能量不斷打來，一點都不手軟，沒想到治療幾次自己的昏迷震盪，就耗用得差不多了？」

「嗯……」鄧山畢竟是理工科畢業，思忖了一下說：「在極短時間內，加速身體的新陳代謝治療受傷的部位，需要加快許多細胞的化學反應，確實需要不少的能量，未必比攻擊性的能量少。」

「唔，聽不懂。」金大難得說這句話。

「我猜想啦……」鄧山說：「一般傷口的復元本需要好幾天的時間，想在短時間內治療妥當，一定也需要很龐大的能量和養分。若我眞的聽從約翰的建議，不斷地製造傷口，他遁能耗盡的時候，可能也會造成很嚴重的營養不良，必須大量補充，除非他可以用能量化生肉體，那不大可能，耗用的能量多到離譜……總而言之，攻擊性的能量，和能量結構、釋放方式，還有瞬間釋放速度有很大的關係，不一定要很大量。」

「啊啊，這我就懂了啦。」金大可開心了：「這不就是招式和內氣運用的法門嗎？不是量多就一定好。」

「說的也是，這是你最在行的。」鄧山也笑了起來。

鄧山和金大這麼隨口聊著，兩個小時很快就過去了，鄧山給那兩人再補了最後一下，隨即扔下他們不管，跳出這片森林。走到大路上看到路上的指標，鄧山才知道剛剛自己是躲到植物園的園區一角去了。

走著走著，鄧山和三個年輕男子交錯而過，發現那三人從看到自己開始，就一臉驚愕死盯著自己，過了一下子，兩邊越來越接近，那三人卻變成低下頭不敢看自己，快步地走過，直到經過自己，才聽到他們開口低聲討論……

「你……你們看到了嗎？」

「有，好奇怪……」

「我渾身起雞皮疙瘩了。」

「別說了，走……走快點吧。」接著三人沒再多說，急急忙忙地快步離開。

他們是見鬼了嗎？鄧山一愣，突然想起之前曾要金大幫自己「易容」，他把自己弄成什麼怪樣了？鄧山連忙走到路旁一台小貨車旁，對著後照鏡一看，這才發現自己無論是眼睛、鼻孔還是嘴巴，居然都變成方型的……難怪剛剛那兩個黑衣人看到自己，也是一副吃驚的表情。

「金大！」鄧山氣結：「這是什麼模樣啊？」

「你不是要讓人認不出來？」金大理直氣壯地說。

「你看過人眼睛鼻孔是方型的嗎？」鄧山說。

「所以我很有創意，對吧？」金大得意地說。

「……」鄧山深深嘆了一口氣說：「快變回去吧，讓你做這種事情，是我自己不好。」

「嗄？」金大說：「好像很不滿意耶。」

「至少還要像個人吧？」鄧山說：「現在是半夜耶，害人嚇到，很不厚道。」

「唔，真的很不像嗎？」金大說：「我看起來都差不多說，我認人是用能量在認的，不是用長相。」

畢竟人類和金靈是完全不同的生物，鄧山也不是真的生氣，反而覺得好笑，搖搖頭說：

「無所謂了，反正目的達到就好。」

金大跟著說：「對呀、對呀！」

再過一兩個小時，天也快亮了吧？萬華小吃雖然出名，卻不知道清早有多少間開門？鄧山心情放輕鬆了些，辨明了方向，繼續向著萬華那兒走去。

異世遊

嫁給你，也是可以的喔

很快又過了四天，這四天倒是十分平靜，無論是天選中心或者遁能企業，都沒人出現在鄧山身邊。

前三天，早晚各一次進入加護病房探訪昏迷中的柳母，成爲鄧山和柳語蓉這兩天的固定活動；而因爲谷安根本不認識柳母，頭一日作陪之後，柳語蓉開始客氣地婉拒谷安同行。谷安也不勉強，跑去買了一本旅遊書，託鄧山幫忙租了一輛中型房車，開始進行大台北地區巡禮，畢竟台北周邊能玩、能逛的地方比台中多了不少，聽說今日打算跑到野柳那兒去，也不知道玩得盡不盡興。

至於郭玉莎，雖然仍常來探視柳語蓉，但年關將近，她自己家裡也有事情要忙，而且既然有鄧山在旁邊，郭玉莎也挺放心，除了早晚電話關切之外，出現的次數也漸漸減少。

而第二天開始，鄧山就在萬華附近找了一個飯店暫居，雖然不用睡覺，但晚上除了特種行業之外，能逛的地方實在不多，找個地方住下，至少可以養養神思考事情，也可以看看新聞。

那一夜沿路逃竄，路面被砸了幾十個坑洞，還有些大樓的樑柱半毀，新聞裡卻沒什麼人關切。第一天還有採訪和路人，最後警察的結論是有人惡作劇，正努力追緝，之後就完全沒有相關消息，彷彿根本沒發生過這件事情。

今早，鄧山沒陪著柳語蓉，因爲今日柳語蘭即將返回台灣，此時鄧山正在桃園機場的機場大廳，準備迎接柳語蘭。

等候的同時，鄧山一面撥電話和南投的父親聯繫，告知除夕自己不打算回南投。鄧天柏知道柳家母女的事故之後，倒是十分贊成，何況他知道鄧山頗有幾分對不起柳語蓉，更是順勢多罵了幾句，要鄧山好好照顧她們姊妹。鄧山除了唯唯諾諾以外，自然也沒什麼好辯解的。

好不容易掛了電話，鄧山看看時間，離柳語蘭抵達的時間還有一個小時，加上通關時間……自己今日太早離開飯店了，鄧山正有幾分懊悔的時候，行動電話突然響了起來。

在醫院的柳語蓉、在飛機上的柳語蘭，應該都不方便撥打電話才對啊？鄧山一面狐疑，一面取出手機，卻見上面是谷安的行動電話號碼。

「谷安？」鄧山接起電話。

「鄧大哥。」谷安爽朗的聲音傳出：「我回來了，剛到醫院門口，有沒有什麼需要我跑腿的？」

「啊？你昨天不是說想去野柳嗎？」鄧山問。

「後來沒去了。」谷安呵呵笑說：「突然想起我不是上來玩的，還是過來看看好了。」

「嗯……」鄧山看看時間說：「語蓉應該正在加護病房裡，你再過半個小時，打電話問問她，看有沒有需要幫忙的地方，我現在人在桃園。」

「桃園？」谷安吃了一驚說：「鄧大哥離開台北了？」

「我來機場接語蘭，她今天回台灣。」鄧山頓了頓說：「谷安，關於語蓉，我有個問題想問你……」

「怎麼了？」谷安說：「鄧大哥直接說沒關係。」

「那我就直說了。」鄧山說：「雖然語蓉前幾天那麼說，但你就眞的完全不管她，似乎也不大好吧……你眞的喜歡她嗎？」

「其實我也在想這個問題呢。」谷安說：「她之前是挺吸引我，不過經過這件事情，讓我感受到，蓉蓉……有點反應太激烈。」

「會嗎？」鄧山並沒這種感覺，甚至覺得柳語蓉算是挺鎮定了。

「唔，該怎麼說，其實她自己也沒自覺吧。」谷安說：「該是習慣了，並不是有意的。」

鄧山依然沒聽懂，呆了呆才說：「習慣激烈？」

「喔，是我沒說清楚。」谷安說：「啊……不說這個，鄧大哥，你在桃園機場？還要多久才會接到人？」

「一個多小時吧。」鄧山說：「我出發得太早了些。」

「我來得及趕到嗎？」谷安說：「去當司機，接你們回來。」

「應該可以吧……」鄧山說：「但是我們坐計程車就好了啊。」

「沒關係啦，反正我車都租了。」谷安說：「我閒得有點無聊，跑一趟好了。」

無聊？鄧山笑說：「那……就隨你囉。」

「見面再聊。」谷安掛了電話。

谷安似乎又不想追求語蓉了？因爲兩人根本還算不上開始交往，鄧山倒也不擔心柳語蓉傷心，只不過有點替她可惜，谷安畢竟是個不錯的年輕人啊……習慣激烈又是什麼意思？語蓉雖然悲痛，但至少不影響生活，而她體諒到大家的擔憂，偶爾也會擠出一點苦澀的笑容，這樣還有什麼不對嗎？

「我可以說話嗎？」金大說。

「嗯？」鄧山好笑地說：「什麼時候這麼有禮貌了？」

「我可能知道谷安的意思喔。」金大說：「但是怕說了你會不高興。」

「怎說？」鄧山問。

「谷安的意思，可能不是習慣激烈，而是說，那個激烈是一種習慣。」金大說。

「嗄？」鄧山更聽不懂了。

「就是說……」金大想了想說：「她媽受傷了，她當然難過，但是表現出來的難過，比實際還要多。」

鄧山呆了片刻，才聽懂金大的意思，忍不住皺眉說：「別開玩笑了，你的意思是，語蓉是假裝的？」

「看，生氣了吧。」金大說：「早知道不說。」

「還沒到生氣的程度，只是不懂你爲什麼這麼說。」鄧山說：「大家都是自己人，語蓉有什麼好裝的？而且假裝對她又有什麼好處？」

「所以那小子才會說——習慣了。」金大說：「其實大多數的人都差不多這樣，你也有一點喔。」

「嗄？我也有？」鄧山吃了一驚。

「就是說……本來未必這麼難過，但是依照情理這情況應該難過，結果表現出來的就比實際難過了。」金大說：「就像這次，其實你不來幫，柳家姊妹也未必處理不來，但你還是跑來幫，而且不敢走。要是那小子，可能就眞的不理會，等人叫他才幫，他是那種很率眞的人。」

「我可是眞心的想幫忙啊。」鄧山說。

「你內心深處也知道，不幫其實沒差多少，不是嗎？」金大說：「既然如此，你的幫忙眞的是爲了她們嗎？還是滿足你自己？」

這話雖然難聽，鄧山卻也不知該如何辯解，他停了片刻才說：「照你這樣說的話，我也是多事了？」

「不，根據我的觀察，其實一般人都這樣，不這樣反而變成怪人，所以你不會察覺那女孩的不妥之處，他們也不會覺得你多事。」金大說：「但是谷安小子個性直率，就會察覺到，而且可能會覺得彆扭。」

「那……這麼說來，我的一些行爲，谷安也會看不順眼囉？」鄧山抓頭說。

「應該吧。」金大說：「不過他又沒打算追求你，所以不會太在意吧，那小子對自己未來的老婆似乎要求很高，對朋友的要求卻並不怎麼高。」

「呃……」

眞不像是好聽的話，鄧山心念一轉，突然察覺，金大其實也是這種率直的個性，難怪他會理解谷安的感受……也許谷安會覺得自己根本不用來接語蘭，讓她自己坐計程車回台北不就好了？而他想來接自己，理由居然是閒著無聊，這似乎也太過老實……不過這樣也不能算錯，只是在這個社會裡，似乎沒辦法用這麼簡單的方式過日子……

「欸！」金大突然說：「你的色心抑制劑快回來了耶，有沒有推倒的計畫？」

鄧山臉微微一紅說：「你又胡說什麼。」

「你這事到臨頭就打退堂鼓的傢伙！」金大說：「現在已經沒架打了，你還整天守身如玉，人生兩大樂趣你都沒興趣，莫非你眞有毛病？」

什麼人生兩大樂趣……鄧山忍不住笑說：「別胡扯了，語蘭回來至少得忙好一陣子，哪有心情談情說愛，過一陣子再說。」

「這可不一定。」金大說：「你要推最好快推，我有不祥的預感。」

「什麼預感？」鄧山迷惑地問。

「我突然想起那女人的性子。」金大說：「要是讓谷安小子看到那女人，恐怕會愛上她喔。那小子沒你這麼假，一會兒心情不適合，一會兒狀況不允許，囉哩囉唆毛病一大堆。」

「你沒搞錯吧，谷安才二十歲……」鄧山說：「語蘭頂多當他是弟弟。」

「不信走著瞧。」金大哼聲說。

谷安眞的會喜歡上柳語蘭嗎？鄧山不知道爲什麼，突然有些忐忑不安，頗有點坐不住，忍不住在機場大廳來來去去地踱步。

不到一個小時，谷安就趕到了機場和鄧山碰了面，兩人在大廳坐下。

鄧山正不知該怎麼詢問谷安時，谷安反而先開口說：「鄧大哥，我剛電話裡說的，你當作沒聽到好了。」

「怎麼了？」鄧山一怔。

「不管怎樣都是我和蓉蓉的問題。」谷安似乎有點尷尬地低頭說：「我不該和鄧大哥提。」

那麼到底金大猜的對不對呢？自己該怎麼問呢？鄧山正煩惱著，谷安又說：「因爲就算我不追求蓉蓉，也不是因爲她哪兒不好，只是因爲她的個性沒讓我心動，就這樣而已。」

「所以，你不打算追求她了？」鄧山問。

「不能這樣說啦。」谷安笑了起來，抓頭說：「她很有吸引力的，在我找到眞心喜歡的人之前，我還是有可能因爲某些原因喜歡上蓉蓉呀。」

鄧山頗有點無言以對，在谷安的口中，感情這事情彷彿輕輕鬆鬆地就能水到渠成，不用強求也不用煩惱……但是當眞有這麼容易嗎？會不會因爲他從沒眞心喜歡過某人，所以還沒品嘗過患得患失、手足無措的感受……

「谷安，萬一你喜歡的人不喜歡你呢？」鄧山突然問。

「沒關係。」谷安說：「我只要表現出我的眞心，總有一天可以感動她的。」

「萬一她有心愛的對象呢？或者有男友……甚至丈夫？」鄧山說。

「只要我眞心喜歡她，我不在乎她的過去。」谷安抬頭說：「首先要盡力而為，讓自己不後悔。」

「你不怕人家覺得那是騷擾或糾纏嗎？」鄧山說。

「當然也要看狀況啦……」谷安乾笑說：「如果對方不喜歡，那還硬黏著對方，當然不行。」

鄧山看了谷安一眼說：「就算眞如你所說，那某人的老婆這樣被你搶走，豈不是很倒楣？」

「能被我搶走，就是他的錯啦。」谷安理直氣壯地說：「不是嗎？」

「我怎麼覺得好像不大妥當。」鄧山卻不知道該怎麼解釋。

「已經喜歡上了，就沒辦法……不過說是這樣說，鄧大哥，你放心啦。」谷安呵呵笑說：「實際上，有對象的女子，基本上我會保持距離，讓自己不要喜歡上她，就不會發生這種事了；所以，當初和蓉蓉接觸前我會先問鄧大哥，要是鄧大哥還有意思，我就不接近蓉蓉了，就是避免這種狀況。」

這樣的話，造成傷害的機會總算是小了些，鄧山點頭說：「這樣比較好一點。」

「我會努力找個沒對象的女人的。」谷安摩拳擦掌地說：「對了，語蘭姊姊是怎樣的女人？」

「呃……」這小子，鄧山皺眉說：「她現在是沒對象……不過她比妳大不少喔。」

「那種事情沒關係啦。」谷安笑說：「等等讓我仔細瞧瞧。」

金大再也忍不住，在鄧山心中哇哇叫：「告訴這小子，姊姊你先預定了，讓他閃遠點！」

「不好吧。」鄧山說：「我也不知道自己會不會追語蘭。」

「反正先說先贏。」金大說。

「哪有這樣說的。」鄧山苦笑。

「拿你沒辦法。」金大換個話題說：「對啦，遁能者的事情，你不告訴這小子嗎？」

鄧山說：「我不大想讓他牽涉到這種事情裡面去。」

「喔……」金大說：「但若是有他幫忙，會安全很多。」

「他太單純了，雖然他老說自己會看人，我還是會擔心。」鄧山說：「天選中心和遁能企業都是大型組織，兩方衝突鬥爭，牽涉到的事情太多，若是谷安被人利用，豈不是糟了？」

「好吧。」金大說：「可惜這麼一個高手，居然不能拿來用。」

又過了一段時間，鄧山的手機終於響了，鄧山接起，那熟悉的聲音傳出：「阿山？」

「語蘭，到了嗎？」鄧山忙問。

「是啊。」柳語蘭的聲音中，聽不出來長途搭機的疲累，依然是那麼清亮明快。她迅速地說：「我通關囉，拿好行李到入境大廳了，你呢？」

「我在大廳等妳啊……」鄧山望著入口，終於和那熟悉的目光相對，兩人相對一揮手，同時掛上了電話。鄧山跨開大步，向著柳語蘭迎了過去。

束著馬尾、脂粉未施的柳語蘭，裹著一件長到小腿的風衣型外套，看不出裡面的穿著。她腳下踩著雙運動鞋，手中拖著感覺比身體還大的皮箱，身上背著帆布大背包，正快步向著鄧山走來。

鄧山興奮之餘，腿上用勁，幾個大步就衝到了柳語蘭眼前，正不知該說什麼時，柳語蘭眨了眨眼，噗嗤一笑說：「阿山，你怎麼跑這麼快？」

「我幫妳拿皮箱。」鄧山說：「累不累？」

「不累，在飛機上除了吃就是睡。」柳語蘭遞過大皮箱，一面說：「我媽現在怎樣？」

「還在昏迷。」鄧山說：「醫生說沒有立即的危險，但是如果拖太久沒醒……也不大樂觀，現在為了避免感染，醫生建議多用一些健保沒給付的藥物，我和語蓉商量，已經先做主同意了。」

「這種錢當然要花。」柳語蘭點點頭說。

「還有。」鄧山接著說：「醫生說，一直沒清醒，應該是因爲腦中殘餘的小血塊影響了神經，如果過年之後還是這樣，醫生考慮開一次腦部手術，不過手術成功率並不高。」

「成功率不高？那不是很危險嗎？」柳語蘭皺眉說。

「是啊，所以要家屬同意。」鄧山說：「醫生意思是，一直這樣拖下去更不好……當然最好是這幾天就清醒，就不用擔心了。」

「媽媽不會有事的。」柳語蘭咬咬唇，轉過話題說：「語蓉呢？她還好吧？我上飛機前和她通過話，她還在自責。」

鄧山不禁想起不久前金大說的話，頗有點不是滋味，嘆了一口氣說：「應該還好吧，今天是莎莎陪她去看柳媽媽。」

「郭玉莎啊……」柳語蘭嘖了一聲說：「這兩個小鬼，高中時候一起學壞，現在有乖點嗎？」

「呃……」鄧山可不敢保證，只好說：「她雖然很活潑，但似乎眞的很關心語蓉。」

「嗯。」柳語蘭目光轉到一直在旁呆立的谷安身上，對鄧山說：「咦！這是不是……」

「啊，這是谷安，因爲之前的工作認識的，現在和我住在一起，很單純的大男孩。」鄧山幫兩人介紹：「這就是語蓉的姊姊，我們常提的語蘭。」

「語蘭姊妳好，我是谷安。」谷安行了一個禮，微笑說。

「哈哈！果然是你！」柳語蘭鼓掌大笑，指著谷安鼻子說：「就是你，害我對阿山充滿遐想。」

「充滿……遐想？」谷安眼睛瞪得老大，望著眼前這語出驚人的柳家大姊。

「對啊。」柳語蘭賊兮兮地笑著，白了鄧山一眼說：「可惜不久之後，幻想就破滅了。」

「別亂想……」鄧山苦笑搖頭說：「我實在不明白，爲什麼妳這麼期待我是同性戀？」

「嘿嘿，我也不明白……」柳語蘭繼續往外走，一面說：「沒想到谷安也上台北了，你們之前電話裡都沒提，現在都住我家嗎？」

「我住飯店。」鄧山說。

「幹嘛住飯店？我家有客房啊……」柳語蘭轉過頭望著鄧山，疑惑地說：「還是語蓉不讓你住？你和語蓉到底怎樣了？」鄧山壓根沒想到住進柳家，被柳語蘭這麼一問，當下有點答不出來。

不過有谷安在旁，柳語蘭有些問題也不大好問，她見鄧山沒答話，想了想說：「我們怎麼回台北？」

「語蘭姊，我是司機。」谷安舉手：「車子在停車場。」

「那走吧，上車了我再打電話給語蓉。」柳語蘭望望手錶說：「她也該離開醫院了。」

三人腳步都快，很快地到了停車場，將行李塞到後車箱時，鄧山問：「怎麼帶這麼多東西？」

柳語蘭一怔，頓了頓才說：「我東西都帶回來了。」

「啊？」鄧山一愣。

「反正不知道多久才能再去。」柳語蘭一笑，隨即砰地一聲關上後車箱，走到後座坐入車中。

鄧山和駕駛的谷安兩人坐在前座，柳語蘭一個人坐在後座，當車子開始駛動，柳語蘭隨即撥打電話和柳語蓉聯繫。兩姊妹倒沒聊太多，短短交談了幾句之後，柳語蘭便掛了電話。

「阿山。」車子轉上交流道時，柳語蘭突然說：「到了我家以後，你和谷安有什麼事要做嗎？」

鄧山轉回頭說：「通常我會陪著語蓉，一直到晚上看過柳媽媽之後才離開。」

「那谷安呢？」柳語蘭問。

「我這幾天都到處亂逛。」谷安說：「今天當大家的司機好了。」

「台北市裡開車麻煩，從我們家到醫院，用走的就好了吧？」柳語蘭說。

確實說遠也不大遠，對一般人來說，約莫是二十多分鐘的路程。鄧山和谷安對望一眼，有點尷尬地說：「這幾天都是坐計程車。」

「阿山變成有錢人了，這種錢也花得下去。」柳語蘭笑著搖搖頭說：「對了，這車是谷安的？」

「租的，語蘭姊。」谷安說。

「嘖！」柳語蘭雙手盤在胸前說：「阿山，你們公司賺很大吼？好像都很凱耶。」

「這……」鄧山只好亂以他語說：「這幾天情況特殊啦。」

「也快過年了。」柳語蘭望著車窗外，突然說：「本來以為今年過年不會回台灣，沒想到還是回來了。阿山，你什麼時候回南投？谷安跟你回去嗎？」

「我會留在台北。」鄧山說：「也許有我可以幫忙的地方。」

谷安跟著說：「我無家可歸，跟著鄧大哥，負責跑腿。」

柳語蘭噗嗤一笑說：「眞的嗎，你們兩個要跟我們一起過年？」

「是啊。」鄧山苦笑說。

「那還住什麼飯店！都來家裡住。」柳語蘭接著說：「語蓉說要等我們吃飯，吃了就去收拾行李吧。」

「行李倒是不多，我們急忙趕上來，大多都用買的。」鄧山說：「但是妳家只有一間客房不是？」

「你們兩個男人不習慣一起睡嗎？」柳語蘭說完，噗嗤一聲笑了出來。

「語蘭！」鄧山忍不住翻白眼。

「好啦，我房間給你睡，我去媽媽房間睡。」柳語蘭笑說。

這樣就沒理由拒絕了，鄧山正想說好，柳語蘭突然瞪了鄧山一眼說：「我讓你睡我房間，語蓉不會生氣吧？」

「這個，當然不會吧。」鄧山連忙搖頭。

「你也不准在我房間做奇怪的事情欸！」柳語蘭說：「上次你突然把全套床單換掉……好恐怖，不知道幹了什麼，哼哼。」

「不……不會啦。」鄧山尷尬地說：「那次……是意外。」

「哼，等等再和你算帳。」柳語蘭畢竟和谷安不熟，有他在一旁，一些話不好出口，她換了個話題說：「媽媽如果醒來，醫院會馬上通知我們吧？」

「是啊。」鄧山說。

「那該不用天天去。」柳語蘭沉吟說：「除夕快到了，醫生也未必會去……阿山，你知道柳記麵店的狀況嗎？過年怎麼休假之類的……」

「我只陪語蓉去過總店一次。」鄧山說：「分別和那四個店長聯繫過，他們打算過年之後，如果柳媽媽還沒醒來，要開會討論之後該怎麼營運，語蓉希望到時候由妳主持。」

「哦？」柳語蘭用手背托著下巴，咬著下唇皺眉說：「這我也不大在行呢，過年是不是要發年終獎金啊？……阿山，你不是當過好幾年業務經理？要幫我喔。」

「升上經理不到一年我就辭職了啦。」鄧山苦笑說：「不過妳也不用太擔心，我有稍微和總店店長聊過，那些店長都幹了好幾年，基本上柳媽媽本有一套管理模式，休假早就排好了，年終獎金更是出事之前就已經發了。」

「喔，那就好。」柳語蘭鬆了一口氣。

「現在比較麻煩的是第五家分店的事情。」鄧山說：「新的店面已經找好，條件也談得差不多了，只差還沒請柳媽媽做最後的決定和安排，他們想知道應該繼續還是乾脆暫停，過年之後，就該給房東一個答案了。」

「唔……」柳語蘭說：「阿山，你說呢？」

「這一投資裝潢就是好幾百萬呢。」鄧山說：「我想，除非妳真的接手這個生意，否則……」

這句話的意思就是，柳母無法恢復的狀態下，柳語蘭正式接下這個生意的管理責任，才適合做這種決定。柳語蘭遲疑了片刻才幽幽地說：「阿山，我媽媽會不會好？」

「醫生也還不敢說。」鄧山嘆氣說：「但是別放棄希望。」

「現在這樣，那新店面只能先放棄……」柳語蘭歪著頭說：「但是媽媽爲什麼要一直拓展呢？錢該夠用了呀？」

「我不知道柳媽媽怎麼想，但是就我的想法來說，因爲現在規模還太小，不拓展的話，升遷管道就卡死了。」鄧山說：「沒升遷機會，員工就不會做長久，也缺乏表現慾，素質也會降低。比如這次的第五家分店，本來預計是由總店的副店長去接手，如果他做得好的話，就能升店長了……據說，柳媽媽之後還有打算要往中南部開拓新店面，到時候會從店長之中選人當區經理，現在的總店店長對這位置就很有興趣。」

「這樣喔？」柳語蘭說：「那就該盡量拓展囉？」

「不是這樣說。」鄧山好笑地說：「這還牽涉到人才的培養速度，還有市場調查、當地居民習慣、競爭對手等等因素。而且，每次新店拓展都是幾百萬的投資，必須有承擔的能力，若拓展太快，資金運用上反而會出現壓力。」

「喔喔。」柳語蘭睜大眼睛，彷彿重新認識鄧山一般地說：「你怎麼知道這麼多？」

鄧山不禁好笑，搖頭說：「這是最基本的啦，沒什麼了不起，妳因爲一直在學術界和科技界，沒接觸過這種事，才不清楚。」

「我眞的沒興趣從商。」柳語蘭皺眉說：「現在是沒辦法，不然……」

鄧山和她相識了這麼多年，早已了解柳語蘭的個性，此時也沒什麼適當的話安慰，他只好輕嘆了一口氣，回頭看著前方不斷接近的路面。

三人沉默之中，很快地到了台北。他們先到柳家將柳語蓉接出，到附近一間小餐館用餐。

至於郭玉莎，她知道柳語蘭不大喜歡她，已先一步離開。

席間，柳語蓉得知鄧山、谷安將暫住到家中，雖有點意外，卻也沒表示異議。而柳語蘭發現谷安和柳語蓉似乎也挺熟稔，看了看兩人，也沒多問。

等到飯後，四人走出餐廳，柳語蘭回頭說：「鄧山，你和谷安住在哪個飯店？」

「我住華盛飯店。」鄧山說：「至於谷安……」

「我沒住在那兒。」谷安嘻嘻笑說：「這幾天到處玩，都睡車上。」

「那你盥洗怎辦？」柳語蘭怔了怔說。

「和人借。」谷安說。

「怎麼借？」這下輪鄧山吃驚了。

「很多好人願意借我用浴室啊。」谷安說。

因為谷安一臉無害？還是因為他是外國帥哥？鄧山和柳家姊妹對望了望，決定不再追問。

「那麼……我問大家一個問題。」柳語蘭突然說：「谷安是好人嗎？」

「當然。」谷安馬上胸膛一挺說：「貨眞價實、百分之百的好人。」

「眞的嗎？」柳語蘭目光轉向鄧山和柳語蓉。

柳語蓉不禁輕笑，微微點頭說：「是啦，谷安是好人。」

「喔，那谷安先送妳回家可以嗎？」柳語蘭說：「我想和鄧山一起去飯店收拾東西。」

語蘭姊跟去飯店做什麼？柳語蓉意外之餘，莫名又生出了一點醋意，但她旋即想起，自己已經放棄鄧山，更打定主意要撮合鄧山和姊姊，此時不該露出無聊的妒意，當下點頭強笑說：「可以啊，谷安不會欺負我啦。」

「妳和我去飯店幹嘛？我自己收拾不就好了？」鄧山訝然說：「我可沒帶女人進房間過。」

「誰管你這種事……」柳語蘭難得臉上微微一紅，啐了一口說：「你忘了我要跟你算帳。」

鄧山這才想起，柳語蘭想弄清楚自己和語蓉的關係，想談這事，自然得避開柳語蓉和谷安。當下鄧山不再表示意見，四人分作兩組，谷安開車載著柳語蓉以及柳語蘭的行李返家，鄧山和柳語蘭安步當車，往隔著三條街的飯店走去。

其實鄧山也沒什麼好收拾的，幾件換洗內衣，拿個塑膠袋就裝齊了。兩人一路上已經聊了不少，當鄧山收拾妥當，柳語蘭也大概弄清了現在的狀況。

「那谷安呢？」蹺腿坐在床畔，看著鄧山收拾的柳語蘭，突然冒出這句話。

「谷安怎樣？」鄧山問。

「你幹嘛帶他上台北？」柳語蘭說：「他和我們家又沒這麼熟，何必麻煩他上來？」果然瞞不過柳語蘭，鄧山苦笑說：「他本來有點想接近語蓉，加上又沒什麼事做，所以我就帶他上來了。」

「本來？」柳語蘭皺眉問。

「現在好像念頭比較淡了。」鄧山尷尬地說。

「唔，好吧，那不管他。」柳語蘭說：「你和語蓉分手的原因到底是什麼？」

「不是早就告訴妳了嗎？」鄧山說：「因爲若青的關係。」

「你不喜歡她了嗎？還是她不喜歡你了？」柳語蘭說。

「不是這麼說。」鄧山說。

「那既然你還喜歡她，她也還喜歡你，若青又不會再出現，你又不是同性戀，爲什麼還是一定要分手？」柳語蘭一連串說出來，氣都不用喘一下。

這問題不好回答。鄧山停了片刻，拿著塑膠袋轉身走到門口說：「妳已經弄清了我和語蓉現在的狀態，至於原因就不用管了，走吧。」

「回來，你太殘忍了！」柳語蘭從床上跳起，一把抓住鄧山外套的左手袖子，將鄧山往回拉，裝出怒氣說：「你要我一直抱著這個疑惑嗎？不行！」

鄧山回過頭望著柳語蘭說：「知道以後，妳會後悔的。」

柳語蘭微微一怔，有點遲疑地說：「爲……爲什麼？」

「所以我不想告訴妳。」鄧山搖了搖手，要柳語蘭鬆開袖子。

柳語蘭卻不放手，低聲說：「難道……難道……」

難道什麼？鄧山心中微微一驚，回頭說：「別胡思亂想，不關妳事。」

柳語蘭用力把鄧山身子扭轉回來，兩人面對面，柳語蘭睜大眼睛，認眞地凝望著鄧山說：「難道……難道是因爲我？」

這女人居然說得出這句話來？問題是好死不死又讓她猜對了，該怎麼辦？鄧山望著柳語蘭，才剛要開口否認，柳語蘭已經先一步說：「你現在要是騙我，我會恨你一輩子。」

鄧山一呆，頹然靠在身後的門上，嘆了一口氣，終於說不出話來。

「這麼說……」柳語蘭輕聲地說：「是眞的？爲什麼？我跟語蓉說過不用顧忌我啊……」

鄧山一怔抬頭說：「這話是什麼意思？」

「什麼？」柳語蘭還沒會過意來。

「什麼叫不用顧忌妳？」鄧山說。

「這……」柳語蘭轉過身，走到窗旁往外看，停了片刻才說：「非說不可嗎？」

「語蘭……」鄧山抓著頭說：「我很笨，求求妳別打啞謎了。」

「阿山。」柳語蘭一直望著窗外，輕聲說：「你和語蓉眞的完全沒機會了嗎？」

「爲什麼這麼問？」鄧山問。

「因爲答案會影響我接下來要說的話。」柳語蘭說。

「嗯……」鄧山想了片刻，終於苦笑說：「我是覺得沒指望了，我已經傷害她太多了。」

「哦？」

「而且我們兩個心裡都有數，就算勉強重新在一起，分手的原因其實還是存在，問題還是沒有解決。」鄧山說：「有點理性的話，我們就該保持距離，別再彼此傷害了。」

「分手的原因……依然存在嗎？」柳語蘭轉過身來，指指自己的鼻子說：「我？」

鄧山尷尬地笑了笑，不知該如何回答。

「既然如此……好吧。」微側著頭的柳語蘭，似乎下了什麼決心，突然說：「阿山，我跟你說……我一直很喜歡你喔。」鄧山還是第一次聽到柳語蘭這麼說，不由得有些傻眼，吶吶地說不出口。

「但是，我不覺得你喜歡我呢。」柳語蘭說：「雖然語蓉一直這麼說，我並不相信。」

鄧山終於開口說：「為什麼妳不信？」

「如果你連『喜歡我』這三個字都不肯說出口，你是真的喜歡我嗎？」說到這兒，柳語蘭轉過身來，清澈的目光凝視著鄧山。柳語蘭不等鄧山回答，又說：「如果你害怕我拒絕，所以不敢說，那一樣是不夠喜歡我。」

鄧山竟有點不敢和柳語蘭對視，低下頭說：「可是妳也從沒說過啊……」

「對啊，我雖然喜歡你，但還不到沒有你不行的程度，所以我可以忍著不說。」柳語蘭說：「你也是吧，我後來有了男朋友，你也一樣笑著恭喜我，不是嗎？雖然……我那時其實並不想看到你的笑容。」

「妳說的沒錯，我確實可以忍受這些。」鄧山苦笑說：「也許我不懂得愛人吧？」

「語蓉怎麼跟你說的？」柳語蘭問。

「她說……我心底最喜歡的畢竟還是妳，她雖然喜歡我，卻也不願意繼續痛苦下去。」鄧山說。

柳語蘭眉頭微微皺起說：「你當眞覺得，我是你心中最重要的人嗎？」

「其實我自己也不清楚啊。」鄧山苦笑說：「直到……某些時刻，妳出現在我的腦海中，我才發現，語蓉說的似乎是對的。」

「唔……」柳語蘭背靠著窗戶，輕踢了踢地毯說：「每個人狀況都不同，好像也不能太苛責你……」

「所以？」鄧山呆愣地接口。

「既然這樣，如果你想要我當你女友，可以喔。」柳語蘭抿嘴一笑說：「嫁給你，也是可以的喔。」

只這麼淡淡一笑，鄧山的心就不由自主地怦怦跳了起來，不知道柳語蘭是說眞的還是開玩笑。

「怎麼？」柳語蘭望著鄧山，眨眨眼說：「我會錯意了嗎？其實你並不要我？」

「不，不是。」鄧山說：「我怕……妳在開玩笑……」

「不是開玩笑。」柳語蘭低頭說：「我對愛情，沒有語蓉這麼執著，沒有你，我也不會太難過，所以不和語蓉爭。但是，如果你和語蓉不可能發展，你又喜歡我的話，我畢竟不討厭你啊，爲什麼要拒絕你？」

「這……眞的嗎？」鄧山向著柳語蘭走了幾步，不知道該不該將她一把摟住。

「等等……」柳語蘭推了鄧山胸口一下，不讓他太過接近，正色說：「有兩件事情我得先說清楚。」

果然沒這麼好的事情，鄧山苦笑說：「怎麼？」

「你這什麼反應啊？」柳語蘭瞪眼說：「一副我在找麻煩的樣子。」

「妳不是要找麻煩嗎？」鄧山故意一表正經地說：「那麼請說，我洗耳恭聽。」

「第一，你也知道，我最想要的不是嫁人，是繼續念書做研究。」柳語蘭說：「如果媽媽病好了，我馬上就會甩了你，自己出國喔。」

「呃……」鄧山說：「我不能陪妳去嗎？」

「我去念書耶，忙得很，你跟來幹嘛？」柳語蘭食指一點鄧山腦門說：「而且你以前英文就爛，這麼多年單字文法都還老師了吧？跟我出國……你想每天待在公寓洗衣煮飯，等我回家陪你做愛嗎？」

鄧山無言以對，只好說：「也不用說成這樣……」

「反正出國的話，幾年內都沒空談戀愛啦，你另外去找個女人吧。」柳語蘭說：「別守活寡，也不用覺得對不起我，我也說不定心血來潮，在國外就隨便嫁掉不回來了。」

「別嫁得太隨便吧。」鄧山大皺眉頭。

「反正我出國了，就不要你管了啦。」柳語蘭扠腰說：「這就是第一點！」

語蘭畢竟是語蘭，自有不講道理之處，鄧山無言以對，只好說：「那……第二點呢？」

「第二點。」柳語蘭聲音放輕了些說：「我不是什麼溫柔愛幻想的女生，對愛情也沒什麼憧憬，更不懂羅曼蒂克，什麼情話之類的我根本不懂說，所以和我交往，會很沒有戀愛的感覺喔。」

「妳是這樣嗎？」鄧山倒不知道。

「你不覺得我當初有了男友，還是整天和你到處鬼混嗎？」柳語蘭瞪眼說：「剛開始那半年，他三、五天就爲這種事和我鬧情緒，後來才認命了。」

「這……」鄧山說：「妳爲什麼不多陪他一點？」

「有些事情和你在一起做會比較開心啊。」柳語蘭說：「這樣說好了，當我好朋友，和當我男友，其實我態度都差不多，不要期待我會特別溫柔。」

還有這樣的喔？鄧山忍不住抓頭說：「那……那幹嘛交男友……」

「當然……當然還是會有不同啦。」柳語蘭眨眨眼說。

「什麼不同？」鄧山問。

「什麼都要說清楚嗎？」柳語蘭臉龐泛起一片薄紅，輕輕跺了跺腳，低聲罵：「你這傻瓜。」

「呃……」鄧山看到柳語蘭的模樣，心微微一蕩，不由自主地跟著紅著臉，說不出話。

「我說完了。」柳語蘭的羞澀模樣，只出現了短短一剎那，她抬起頭望著鄧山說：「就這兩點，你可以接受嗎？」

「這……一定要出國就分手嗎？」鄧山頗有點苦惱。

「一定要分手！別婆媽啦！」柳語蘭說：「但相對的，若我出不了國、念不了書、做不了研究，你又願意娶我的話，我就嫁你了。你不用考慮如何求婚，約一天去公證就好，拍照請客辦典禮有點麻煩，可免則免，不過如果你堅持也無所謂。」

「就這樣決定……會不會有點兒戲啊？」鄧山不禁傻眼。

「我和你都認識八年了，還有什麼好考慮的？」柳語蘭瞪眼說：「你再拖拉就算了，當我都沒說過。」

「怎麼這樣？」鄧山張大嘴說：「想想都不行喔？」

「哼，原來這麼需要考慮？」柳語蘭癟嘴一扭頭說：「我看當我沒說過好了，回家吧。」

「別……」鄧山連忙說：「我接受、我接受。」

「你眞的接受？」柳語蘭凝望著鄧山說：「你說清楚點。」

「我接受妳這兩點……特色。」鄧山苦笑說：「反正看樣子，就算我受不了想分手，妳也不會在乎。」

「什麼？」柳語蓉踢了鄧山小腿一腳說：「居然敢打這種主意？」

「我是開玩笑的啦。」鄧山連忙苦著臉說。

「哼，不過你倒沒猜錯。」柳語蘭說：「要是你想分手，我不會糾纏你的，以後還是朋友，不過，你若是不說清楚就跑去跟別的女人偷情，我會恨死你喔，連朋友都沒得作了。」

「唔……我明白了。」鄧山說。

「眞的明白？」柳語蘭輕輕牽起鄧山的手，一笑說：「那……就這樣，我是你女友了。」

兩人相識多年，偶爾也有過類似牽手的肢體接觸，但是這次帶來的感覺卻完全不同，鄧山心中怦怦跳個不停，不知是眞是幻。他握著那有點冰涼的柔軟小手，不知爲什麼心中卻是沒有一絲不安，當初和余若青或柳語蓉在一起的時候，總覺得有些惶愧，彷彿做錯了什麼事情……

此時卻彷彿理所當然，又彷彿水到渠成，沒有一點勉強。

對那兩人，自己不能說沒有愛戀之心，但更多的還是肉體上的吸引力，也許就因爲這個原因，自己才一直有點惶然，而眼前這精明爽朗有時還有點蠻橫的女子，卻讓自己整個安心下來，彷佛早該如此，一點都不需要懷疑。

兩人這般牽著手沉默了片刻，柳語蘭望著鄧山問：「不會覺得我很過分嗎？不會覺得我是個奇怪的女人嗎？這樣你還願意和我在一起？」

「是很奇怪。」鄧山抓抓頭說：「不過這個奇怪女人，我也偷偷喜歡了八年，沒辦法。」

柳語蘭臉微微一紅，看了鄧山一眼，隨即低下頭，停了幾秒之後說：「你傻呆著幹嘛？」

一頭霧水的鄧山望著柳語蘭說：「回家嗎？」

「你有了個女友。」柳語蘭不可置信地望著鄧山：「只想牽牽手嗎？」

「不然呢？」鄧山吃了一驚，吶吶地說：「妳個性這麼特殊，我怎麼知道該做什麼？」

「你不是和我妹交往過嗎？」柳語蘭眼睛轉了轉，低聲說：「什麼都沒做過嗎？」

鄧山又驚又喜，放大膽子，握著柳語蘭的手緊了緊說：「會不會太快了？」

「都拖了八年了，是太慢了吧。」柳語蘭低下頭淺笑，潔白修長的粉頸顯露在鄧山眼前。

鄧山心頭一熱，輕摟著柳語蘭的肩膀，遲疑地說：「我……我……」

「傻瓜阿山，你一定要我說可以，才敢吻我嗎？」柳語蘭說完，舉起雙手，輕扶著鄧山臉往下拉。鄧山還沒弄清楚狀況的時候，四片嘴唇已經輕輕地印在一起。

鄧山腦門一熱，緊緊地抱著柳語蘭，隔了好片刻，柳語蘭好不容易掙開鄧山的唇，喘了兩口氣，這才在鄧山耳畔低聲說：「飛機暖氣烘得我渾身黏黏的……你……你眞想的話……讓我先沖個澡。」

鄧山心跳如鼓，呆呆地說：「可……可以嗎？」

「我是你女友啊。」柳語蘭嫣然一笑，輕推開鄧山說：「沖一下很快。」

「那……那我等妳。」鄧山傻笑說。

柳語蘭脫下風衣，散開束起的馬尾，只見黑而長的柔順秀髮倏忽大片灑下。她快手快腳地將頭髮盤成一團，走到浴室口，突然停步回頭說：「那個……你身上有嗎？」

「什麼？」鄧山問。

「套子啊。」柳語蘭白了鄧山一眼。

「沒、沒有。」鄧山連忙說：「那……我去買……哪兒有賣？」

哪兒有賣？柳語蘭臉色一沉，帶著三分驚怒說：「難道你和語蓉都沒用過？你怎麼……」

「妳誤會了。」鄧山忙說：「我們沒做過。」

柳語蘭一呆說：「那……若青呢？」

「也沒……」

柳語蘭傻了片刻才說：「你……都沒做過？」

「嗯……」鄧山反而有點莫名的內咎，尷尬地說：「很奇怪嗎？」

「怎會這樣？」柳語蘭訝異地說：「語蓉……不肯嗎？」

「也不是……」鄧山想到過去幾次懸崖勒馬的經歷，實在不知該如何解釋。

「那爲什麼……你……你一切正常嗎？」柳語蘭表情怪怪的，遲疑地問。

「當然正常。」鄧山好氣又好笑，瞪了柳語蘭一眼。

「難道是因爲……」柳語蘭低頭想了想，走近鄧山，輕握著鄧山手，目光中露出三分柔情說：「那別在這兒做，我們先回家……晚上再慢慢來，好不好？」

鄧山雖然不明白爲什麼要這樣，卻也只能點頭，哪敢有別的意見？

《異世遊4》完

下集預告

異世遊 5

鄧山與遁能企業終於有了第一步接觸！
天選中心與遁能企業的對立越演越烈，
一直不想牽扯進去的鄧山，最後會改變立場嗎？

遁能企業極力爭取鄧山加入，
於是提出了比鬥的要求──文比三場，武比一場！
只要鄧山能勝，便不再糾纏他。
鄧山與遁能者的戰鬥，
即將展開。

傳送裝置明明已被破壞了，
爲什麼另一個世界的神官還可以追過來？
而谷安與鄧山的未來又將因此有什麼變化？

《異世遊》精彩完結篇
2009年1月出版預定

蓋亞文化圖書目錄

書名	系列	作者	ISBN	頁數	定價
恐懼炸彈（新版）	都市恐怖病	九把刀	9789867450340	320	260
大哥大	都市恐怖病	九把刀	9789866815690	256	250
冰箱	都市恐怖病	九把刀	9789867929761	240	180
異夢	都市恐怖病	九把刀	9789867929983	304	240
功夫	都市恐怖病	九把刀	9789867450036	392	280
狼嚎	都市恐怖病	九把刀	9789867450142	344	270
依然九把刀（紀念版）	非小說・九把刀	九把刀	4710891430485		345
綠色的馬	九把刀・小說	九把刀	9789866815300	272	280
後青春期的詩	九把刀・小說	九把刀	9789866815799	272	250
樓下的房客	住在黑暗	九把刀	9789867450159	304	240
獵命師傳奇 卷一～卷十二	悅讀館	九把刀			各180
獵命師傳奇 卷十三、卷十四	悅讀館	九把刀			各199
臥底	悅讀館	九把刀	9789867450432	424	280
哈棒傳奇	悅讀館	九把刀	9789867929884	296	250
魔力棒球（修訂版）	悅讀館	九把刀	9789867450517	224	180
都市妖1　給妖怪們的安全手冊	悅讀館	可蕊	9789867450197	240	199
都市妖2　過去我是貓	悅讀館	可蕊	9789867450241	232	199
都市妖3　是誰在唱歌	悅讀館	可蕊	9789867450272	208	180
都市妖4　死者的舞蹈	悅讀館	可蕊	9789867450357	240	199
都市妖5　木魚和尚	悅讀館	可蕊	9789867450395	240	199
都市妖6　假如生活騙了你	悅讀館	可蕊	9789867450425	200	180
都市妖7　可曾記得愛	悅讀館	可蕊	9789867450562	240	199
都市妖8　胡不歸	悅讀館	可蕊	9789867450623	240	199
都市妖9　妖・獸都市	悅讀館	可蕊	9789867450753	240	199
都市妖10　妖怪幫幫忙	悅讀館	可蕊	9789867450784	240	199
都市妖11　形與影	悅讀館	可蕊	9789867450951	240	199
都市妖12　小小的全家福	悅讀館	可蕊	9789867450982	240	199
都市妖13　圈套	悅讀館	可蕊	9789866815539	240	199
都市妖14　白鶴與蒼狼	悅讀館	可蕊	9789866815287	224	199
青丘之國（都市妖外傳）	悅讀館	可蕊	9789867450470	320	220
都市妖奇談 卷一～卷三（完）	悅讀館	可蕊	9789866815058		各250
捉鬼實習生 1 少女與鬼差	悅讀館	可蕊	9789866815119	208	180
捉鬼實習生 2 新學期與新麻煩	悅讀館	可蕊	9789866815126	240	199
捉鬼實習生 3 借命殺人事件	悅讀館	可蕊	9789866815263	352	250
捉鬼實習生 4 兩個捉鬼少女	悅讀館	可蕊	9789866815270	256	199
捉鬼實習生 5 山夜	悅讀館	可蕊	9789866815409	208	180
捉鬼實習生 6 亂局與惡鬥	悅讀館	可蕊	9789866815416	240	199
捉鬼實習生 7 紛亂之冬（完）	悅讀館	可蕊	9789866815515	240	199
捉鬼番外篇；重逢	悅讀館	可蕊	9789866815652	320	250
百兵　卷一～卷三	悅讀館	星子	9789867450456	192	各180
百兵　卷四～卷八（完）	悅讀館	星子	9789867450531	272	各199
七個邪惡預兆	悅讀館	星子	9789867450913	272	200
不幫忙就搗蛋	悅讀館	星子	9789867450258	308	220
陰間	悅讀館	星子	9789866815027	288	220
黑廟　陰間2	悅讀館	星子	9789866815577	256	220
無名指　日落後1	悅讀館	星子	9789866815362	336	250
囚魂傘　日落後2	悅讀館	星子	9789866815446	288	240
蟲人　日落後3	悅讀館	星子	9789866815713	280	240
太歲（修訂版）　卷一～卷七	悅讀館	星子	陸續出版		各280
太古的盟約　卷一～卷四	悅讀館	冬天			各240
太古的盟約　卷五～卷八	悅讀館	冬天			各199

＊實際定價以各書版權頁爲準

東濱故事集　惡都1	悅讀館	喬靖夫	9789866815829	208	180
惡魔斬殺陣　吸血鬼獵人日誌 I	悅讀館	喬靖夫	9789867450821	240	199
冥獸酷殺行　吸血鬼獵人日誌 II	悅讀館	喬靖夫	9789867450838	240	199
殺人鬼繪卷　吸血鬼獵人日誌 III	悅讀館	喬靖夫	9789867450920	240	199
華麗妖殺團　吸血鬼獵人日誌 IV	悅讀館	喬靖夫	9789867450937	368	250
地獄鎮魂歌　吸血鬼獵人日誌 特別篇	悅讀館	喬靖夫	9789867450999	192	129
殺禪　全八卷	悅讀館	喬靖夫			各180
誤宮大廈	悅讀館	喬靖夫	9789866815423	256	220
天使密碼 01 河岸魔夢	悅讀館	游素蘭	9789866815386	272	220
天使密碼 02 靈夜感應	悅讀館	游素蘭	9789866815614	256	220
異世遊1	悅讀館	莫仁	9789866815584	304	240
異世遊2	悅讀館	莫仁	9789866815591	304	240
異世遊3	悅讀館	莫仁	9789866815720	296	240
異世遊4	悅讀館	莫仁	9789866815737	304	240
山貓　因與聿案簿錄1	悅讀館	護玄	9789866815560	256	220
水漬　因與聿案簿錄2	悅讀館	護玄	9789866815645	256	220
彩券　因與聿案簿錄3	悅讀館	護玄	9789866815775	256	220
祕密　因與聿案簿錄4	悅讀館	護玄	9789866815836	256	220
伏魔　道可道系列1	悅讀館	燕壘生	9789867450630	168	139
辟邪　道可道系列2	悅讀館	燕壘生	9789867450647	168	139
斬鬼　道可道系列3	悅讀館	燕壘生	9789867450722	224	180
搜神　道可道系列4	悅讀館	燕壘生	9789867450739	224	180
道門秘寶　道可道系列5	悅讀館	燕壘生	9789866815522	320	250
活埋庵夜譚（限）	悅讀館	燕壘生	9789867450333	224	200
仇鬼豪戰錄 套書（上下不分售）	悅讀館	九鬼	9789866815379		499
彌賽亞：幻影蜃樓 上下兩部	悅讀館	何弼＆ 櫻木川	9789867450609	240	各180
希臘神諭	悅讀館	戚建邦	9789866815706	320	250
銀河滅	悅讀館	洪淩	9789866815508	288	240
公元6000年異世界（新版）	悅讀館	Div	9789866815621	312	240
天外三國　全三部	悅讀館	Div			各180
永夜之城　夜城1	夜城	賽門·葛林	9789867450760	288	250
天使戰爭　夜城2	夜城	賽門·葛林	9789867450845	304	250
夜鶯的嘆息　夜城3	夜城	賽門·葛林	9789867450968	304	250
魔女回歸　夜城4	夜城	賽門·葛林	9789866815041	336	280
錯過的旅途　夜城5	夜城	賽門·葛林	9789866815232	352	299
毒蛇的利齒　夜城6	夜城	賽門·葛林	9789866815393	360	299
影子瀑布	Fever	賽門·葛林	9789866815607	464	380
善惡方程式（上下不分售）	Fever	珍·簡森	9789866815478	842	599
德莫尼克（卷一）不是所有的孩子都是天使	符文之子2	全民熙	9789867450388	336	280
德莫尼克（卷二）微笑的假面	符文之子2	全民熙	9789867450418	336	280
德莫尼克（卷三）失落的一角	符文之子2	全民熙	9789867450449	336	280
德莫尼克（卷四）劇院裡的人們	符文之子2	全民熙	9789867450579	352	280
德莫尼克（卷五）海螺島的公爵	符文之子2	全民熙	9789867450692	336	280
德莫尼克（卷六）紅霞島的秘密	符文之子2	全民熙	9789866815089	368	280
德莫尼克（卷七）躲避者，尋找者	符文之子2	全民熙	9789866815355	368	299
德莫尼克（卷八）與影隨行（完）	符文之子2	全民熙	即將出版		
符文之子 卷一：冬日之劍	符文之子1	全民熙	9789866815133	360	299
符文之子 卷二：衝出陷阱，捲入暴風	符文之子1	全民熙	9789866815140	320	299
符文之子 卷三：存活者之島	符文之子1	全民熙	9789866815157	336	299
符文之子 卷四：不消失的血	符文之子1	全民熙	9789866815164	352	299
符文之子 卷五：兩把劍，四個名	符文之子1	全民熙	9789866815171	352	299
符文之子 卷六：封印之地的呼喚	符文之子1	全民熙	9789866815188	352	299
符文之子 卷七：選擇黎明（完）	符文之子1	全民熙	9789866815195	432	320

*實際定價以各書版權頁爲準

國家圖書館出版品預行編目資料

異世遊／莫仁 著；.——初版.——台北市：
蓋亞文化，2008.12-
冊；公分.

ISBN 978-986-6815-73-7 (第4冊；平裝)

857.83 97010034

悅讀館 RE134

異世遊 4

作者／莫仁
封面設計／克里斯
企劃編輯／魔豆工作室
電子信箱◎thebeans@ms45.hinet.net
出版／蓋亞文化有限公司
地址◎台北市103赤峰街41巷7號1樓
電話◎（02）25585438 傳眞◎（02）25585439
網址◎www.gaeabooks.com.tw
部落格◎gaeabooks.pixnet.net/blog
服務信箱◎gaea@gaeabooks.com.tw
投稿信箱◎editor@gaeabooks.com.tw
郵撥帳號◎19769541 戶名：蓋亞文化有限公司
總經銷／聯合發行股份有限公司
地址◎新北市新店區寶橋路二三五巷六弄六號二樓
電話◎（02）29178022 傳眞◎（02）29156275
港澳地區／一代匯集
電話◎（852）27838102 傳眞◎（852）23960050
地址◎九龍旺角塘尾道64號龍駒企業大廈10樓B&D室
初版一刷／2008年12月
定價／新台幣 240 元
Printed in Taiwan

GAEA
ISBN／978-986-6815-73-7

GAEA

GAEA